www.tredition.de

AF197609

Samantha Daut

AM SCHERBEN UFER

Die Mindl-Kirschstein-Serie

Band 1

Roman

tredition®
www.tredition.de

© 2017 Samantha Daut
Umschlaggestaltung: Berthold Sachsenmaier
Lektorat: Susanne Junge

Verlag: tredition GmbH, Hamburg

Paperback   978-3-7439-1067-6
Hardcover   978-3-7439-1068-3
e-Book   978-3-7439-1069-0
Printed in Germany

Inhaltsverzeichnis

Vorwort

Liebe Leserinnen und Leser!

Dieses Buch ist ein ganz besonderes Buch für mich. Die Idee dazu schlummerte schon lange in mir – und nun kam der Drang, sie aufzuschreiben. Als Schriftstellerin entwickle ich zu jedem meiner Bücher eine ganz besonders innige Beziehung. Doch an diesem – das ist eine ganz besondere Ausnahme – an diesem Buch hängt mein Herz – es ist mein Herzensprojekt! Das Plotten und die Entwicklung der Protagonisten haben mir sehr viel Spaß gemacht. Ich finde – so ging es mir jedenfalls – dass man sich sehr gut in meine Protagonisten hineinversetzen kann; ich hoffe, Sie empfinden das ähnlich: Ich freue mich schon sehr darauf, diese neue Reihe fortzusetzen.

Bedenken Sie beim Lesen: Nichts ist, wie es scheint – sogar der nette Nachbar von nebenan hat etwas zu verbergen – oder nicht? Wer ist Freund, wer ist Feind? Täuschung über Täuschung. Ich bin gespannt, was Sie zu meinem neusten Werk meinen!☺

Nun wünsche ich Ihnen viel Freude beim Lesen!

Noch ein Hinweis in eigener Sache: Das in LUNA angekündigte ‚Wiedersehen mit einem alten Bekannten‘ findet nun doch nicht in diesem Buch statt. Ich habe mir die Freiheit genommen, dies komplett zu streichen, weil es meiner Meinung nach einfach nicht in dieses Buch passte.

Samantha Daut, im Januar 2017

Raul Hilliard saß müde am Küchentisch und löffelte sein Müsli, dazu trank er Milch – er liebte Milch. Seine Eltern Elke Gareis-Hilliard und Bernd Hilliard waren gestern Abend auf einer Architekturveranstaltung in München gewesen. Wahrscheinlich war es spät geworden, sie hatten wohl in einem Hotel übernachtet und würden heute zurückkommen, so dachte er. Denn als er gestern seine abendliche Joggingrunde am Haus seiner Eltern vorbei gedreht hatte, war noch alles dunkel gewesen und das Auto seiner Eltern stand nicht in der Auffahrt. Er hatte bereits eine eigene Wohnung. Nach dem Essen stellte er die Müslischüssel und sein leeres Glas in die Spüle. Raul streckte sich, dann trat er auf den Flur, wo er sich vor dem Spiegel seine braunen, kurzen Haare kämmte, die perfekt mit seinen blauen Augen harmonierten. Er würde jetzt eine Runde joggen gehen, das Handy nahm er vorsorglich mit. Seinen blau-weißen Jogginganzug hatte er bereits angezogen.

§ §
§ § §

Das Auto qualmte und Rauch stieg auf. Die Feuerwehr, die Rettungskräfte und die Polizei waren bereits vor Ort. Der Augenzeuge, Micha Bartel, stand fassungslos am Fahrbahnrand. Er schilderte der Polizei, dass er einen heftigen Streit zwischen dem Fahrer und seiner Beifahrerin gesehen hatte, dann hatte der Fahrer die Kontrolle über den Wagen verloren und war mit hoher Geschwindigkeit in die Leitplanke gerast. Es war Benzin ausgelaufen und ein vorbeifahrender Radfahrer hatte achtlos seine brennende Zigarette hineingeworfen. Die Insassen des Fahrzeugs waren sofort tot gewesen – der Rauch hatte ihnen die Luft zum Atmen genommen – sie waren erstickt. Im Geldbeutel der Toten fanden die Polizisten neben den Papieren ein Foto von einem jungen Mann. Auf der Rückseite des Fotos stand: Raul. Sie suchten weiter und fanden das glücklicherweise heil gebliebene Handy von einem der Toten und scrollten durch das Telefonbuch. Da: der Kontakt Raul Hilliard, das musste er sein; der Polizist las die Nummer vom Handy ab, gab sie in sein eigenes Mobiltelefon ein und wählte. Schon klingelte es.

„Raul Hilliard", meldete sich Raul, vom Joggen außer Atem, mit seinem Namen, weil ihm auf dem Display seines Handys keine Rufnummer angezeigt wurde.

„Sind Sie ein Verwandter von Elke Gareis-Hilliard und Bernd Hilliard?", erkundigte sich der Polizist.

„Wer sind Sie überhaupt?", war Raul verwirrt.

„Ich bin Alwin Böhrhaupt, ich bin Polizist. Ein Augenzeuge, Micha Bartel, hat einen Autounfall beobachtet und uns verständigt", begann der Beamte.

„Und was habe ich, bzw. meine Eltern damit zu tun?", fragte Raul, noch immer verständnislos.

Der Polizist blieb gelassen: „Also sind Sie nun ein Verwandter von Elke Gareis-Hilliard und Bernd Hilliard, oder nicht?", fragte er ruhig.

„Ja, ich bin der Sohn von Elke und Bernd. Wo sind Sie gerade?", fragte Raul.

„Können wir uns treffen, an der Spree, am alten Wehr?", Böhrhaupt hustete.

„Sicher. Ich trage ein hellblaues Hemd und bin in fünfzehn Minuten da", erklärte Raul.

„Gut, bis dann!", Alwin Börhaupt legte auf, und Raul rannte nach Hause, duschte schnell und zog sich um. Nun trug er ein hellblaues Hemd und eine blaue Jeans. Sofort machte er sich auf den Weg.

An der Spree angekommen, sah Raul bereits von weitem das völlig zerstörte Auto seiner Eltern. Er trat näher und begutachtete das Wrack. Der Polizist erklärte ihm den Unfallhergang. Tränen schossen Raul in die Augen…

§ §

Tagelang war er wie in Trance durch die Gegend gelaufen, auch seiner Arbeit als Zimmermann hatte er nicht mehr nachgehen können. Tage- und nächtelang hatte er durchgeweint. Er würde seine Eltern so in Erinnerung behalten, wie sie waren. Die Erdbestattung und alle Dinge, die er noch zu erledigen hatte, liefen wie der Film seines eigenen Lebens an ihm vorbei, er betrachtete alles als Außenstehender und nicht als Beteiligter. Das half ihm in seinem Schmerz wenigstens ein bisschen.

Nach der Beerdigung hatte es Tage gedauert, bis er sich dazu durchringen konnte, endlich mit dem Sortieren und Ordnen der Sachen seiner toten Eltern zu beginnen. Früh am Morgen machte er sich auf den Weg. Er besaß für die Wohnung seiner Eltern einen Zweitschlüssel für Notfälle. Nach und nach arbeitete er sich durch die Zimmer. Die Kleider seiner Eltern sortierte er in Müllsäcke und brachte diese zu Containern. Während des Sortierens musste er öfter Pausen einlegen, weil ihn der Schmerz und die Trauer um seine geliebten Eltern übermannt und machtlos gemacht hatten.

Als er einen Stapel Papiere in einer Schublade fand, fiel ihm ein Umschlag in die Hände, auf dem folgendes stand: *Für Raul – 1986*. Hektisch öffnete Raul ihn und fand einen Brief in dem folgendes stand:

Für meinen geliebten Sohn Raul

Wenn Du das liest, weiß ich nicht, was mit Bernd und mir sein wird. Ich wollte es Dir schon lange sagen, aber ich wusste nicht, wie. Ich habe es einfach nicht geschafft.

Raul, Bernd ist nicht Dein leiblicher Vater. Das ist der Berliner Rechtsanwalt, Dr. Konstantin Kirschstein. Es war ein One-Night-Stand im Mai 1986. Es tut mir leid. Ich habe all die Jahre geschwiegen, weil ich Deinen... weil ich meine Ehe zu Bernd nicht gefährden wollte. Deshalb war Bernd für mich immer Dein Vater.

Solltest Du Kontakt zu Deinem leiblichen Vater, Dr. Konstantin Kirschstein, aufnehmen wollen, seine Adresse ist: Brunnhohlder Straße 8 in 11428 Berlin-Schwalbensee.

Verzeih' mir bitte, ich hoffe, Du kannst meine Entscheidung verstehen.

In Liebe, Deine Mutter Elke

Raul las die Zeilen noch einmal und noch einmal und immer und immer wieder. Die Worte seiner Mutter fraßen sich durch sein Gehirn. Raul wollte das nicht glauben. Er musste zu dieser Adresse fahren und er musste Gewissheit erlangen – sonst würde er durchdrehen! Sofort machte er sich mit seinem Motorrad auf den Weg in die Brunnhohlder Straße 8 in Berlin-Schwalbensee. Es war früh am Morgen, erst kurz vor sechs, aber daran dachte Raul im Augenblick nicht.

§ §
§ § §

Diesen Plan hatten sie vor sieben Jahren, im November 2000, gefasst, und von dort an hatte er alles recherchiert: die Vorlieben, die Abneigungen, die Familienverhältnisse, die Schwachstellen – einfach alles! Sieben Jahre lang hatte er die Familie akribisch beobachtet. Wenn der Zeitpunkt, den er bestimmte, gekommen war, dann ließ er seinen Hintermann verdeckt auf sie los. Er würde sich rächen. Das hatte er seinem Feind vor langer Zeit einmal geschworen, kurz vor dem Studium, als beide die gleiche Frau geliebt hatten ... und dann war etwas passiert... und er hatte es bis heute nicht vergessen!

„Also, gehen wir alles noch einmal durch. Du wirst dich zu gegebener Zeit als neuer Nachbar einige Häuser weiter einmieten. Dann wirst du als Nachbar und Liebhaber um die Gunst der Anwältin und Anwaltsgattin buhlen. So lange, bis sie dir aus der Hand frisst. Sie muss dir vertrauen, das ist essentiell wichtig für den Plan. Wenn sie das tut, wirst du sie aushorchen. Du wirst dir ihre Sorgen, Ängste und Probleme anhören. Speziell alles, was mit ihrem Mann zu tun hat. Sie muss denken, dass du der einzige bist, dem sie uneingeschränkt vertrauen kann, hast du das verstanden? Auf mein „GO" hin wirst du den Anwalt ein für alle Mal zur Strecke bringen, und die Anwaltsgattin wird dir dabei zusehen. Danach kannst du mit deiner Familie untertauchen. Ich verspreche dir, deiner Frau und deinen Kindern lebenslange Sicherheit, lebenslangen Schutz und ein Gehalt, bei dem du niemals wieder etwas arbeiten musst. Na, was meinst du?", er streckte ihm die Hand hin.

„Und was erzähle ich meiner Frau, wenn ich manchmal einfach längere Zeit weg bin?"

„Du erzählst ihr, dass du einen neuen Job hast und dafür in eine Dienstwohnung ziehen musst. Oder dass du eine entfernte Verwandte besuchst – oder irgend so etwas! Lass dir was einfallen!"

Er dachte einen Moment lang nach, dann lächelte er, nickte und schlug ein: „Einverstanden, abgemacht!"

§ §
§ § §

Sylvia Mindl-Kirschstein schritt das weiträumige Townhouse ab. Ihre nackten Füße glitten über die grauen Fliesen. Im Arbeitszimmer ihres Mannes Konstantin hörte sie Finger, die auf einer Tastatur klapperten: Hatte sie es sich doch gleich gedacht, ihr Gatte arbeitete bereits. Leichtfüßig schritt sie – nur mit einem cremefarbenen, kurzen Seidennachthemd bekleidet, auf dem sie einen ebenfalls cremefarbenen Seidenmorgenmantel mit schwarzer Spitze trug – hinein und umarmte Konstantin von hinten. Dabei kitzelten ihre langen Haare seinen Hals – das gefiel ihm. Er liebte diese schokobraunen, glatten, glänzenden Haare, die ihr blasses, porzellanähnliches Gesicht umrahmten. Ihre warmen, braunen Augen rundeten das Gesamtbild ab.

Die Arbeitszimmer von Konstantin und Sylvia lagen neben dem Schlafzimmer. Die Kanzlei, die sich beide teilten, war durch eine Eisentreppe zu erreichen. Sie befand sich im unteren Teil des Hauses und verfügte über einen separaten Eingang.

„Guten Morgen, mein Schatz", ihre Stimme klang verschlafen. Sanft drehte er sich mit dem Ledersessel zu ihr um, dann erhob er sich und nahm ihre Hände in seine. Er trug bereits seinen grauen Anzug, die Lackschuhe und seine blaue Krawatte, auch seine schwarzen, kurzen, aber fülligen Haare waren akkurat gekämmt – wie immer.

„Guten Morgen, meine Schöne", er küsste sie zärtlich. Bei ihr fühlte er sich geborgen, sie und die Familie gaben ihm Halt, alle waren immer füreinander da, wenn es darauf ankam.

Konstantin und Sylvia hatten sich im Jura-Studium 1992 kennen- und lieben gelernt. Es war buchstäblich „Liebe auf den ersten Blick" gewesen. Sie waren öfter miteinander ausgegangen. Konstantin hatte sie zu Golf- und

Squashspielen, zu Pferderennen und in die Oper ausge-
führt. Ihren ersten Sex hatten sie in einer romantischen
Hütte gehabt.

Schon nach drei Monaten hatten sie sich gegenseitig
ihren Familien vorgestellt. Bei Sylvia glich dieser Be-
such einem Desaster. Sylvias Vater war sofort nach
ihrer Geburt verschwunden und hatte ihre Mutter Irene
mit dem neugeborenen Baby zusammen mit ihrer zwei
Jahre älteren Schwester Sonja sitzen gelassen. Darauf-
hin war   Irene alkoholkrank geworden... Sylvias
Kindheit war die Hölle gewesen... Und als Sylvia nun
Konstantin mit zu ihrer Mutter und ihrer Schwester
genommen hatte, hätte es kaum peinlicher sein können.
Obgleich Sylvia extra früh morgens nach Hause gefah-
ren war, um ihre Mutter in halbwegs erträglicher Ver-
fassung anzutreffen, war diese bereits volltrunken gewe-
sen. Ihr einziger Kommentar zu Konstantin war gewe-
sen, dass sie sich freue, dass ihre Tochter Sylvia nun
einen Mann an ihrer Seite hätte – das hatte sie gesagt,
nein, eher gelallt... Eine Woche später war ihre Mutter
an einer Alkoholvergiftung gestorben.

Konstantins Mutter Edith-Greta Kirschstein lebte in
Berlin-Mitte, wenige Minuten von Berlin-Schwalbensee
entfernt. Sie besuchte die Familie oft. Edith-Greta hat
zur gesamten Familie – insbesondere zu ihrer Enkel-
tochter Constanze-Finja - ein sehr gutes Verhältnis.

Zu seinem Vater Richard Kirschstein hatte Konstantin
keinen Kontakt mehr, da dieser ihn als Kind öfter ver-
prügelt hatte. Edith-Greta und Richard leben getrennt.

Sylvia konnte sich noch sehr gut daran erinnern, als Konstantin sie unter dem vom Feuerwerk hell erleuchteten Himmel Berlins am Brandenburger Tor auf den Knien gefragt hatte, ob sie seine Frau werden wolle, und sie hatte „Ja" gesagt und ihn lange geküsst.

Am 31. März 2000 hatten Konstantin und Sylvia dann geheiratet; es war eine standesamtliche Trauung gewesen. Sylvia hatte ein bodenlanges, silbernes Hochzeitskleid mit einer langen Schleppe getragen, Konstantin einen schwarz-blauen Anzug mit silberner Krawatte und silbernem Einstecktuch. Der Hochzeitskuss war lang und romantisch gewesen. Nach ihrer Hochzeit und der Geburt ihrer Tochter lebten sie glücklich im Townhouse.

„Was machst du schon im Arbeitszimmer? – Ich meine...", sie warf einen Blick auf die Wanduhr, „es ist erst sechs Uhr", stellte sie müde fest und gähnte.

„Ich konnte nicht mehr schlafen, und deshalb habe ich mir gedacht, ich gehe in mein Arbeitszimmer und beantworte ein paar Mails", erklärte Konstantin und griff nach seiner Espressotasse.

Er blickte seine Frau an. Er liebte einfach alles an ihr, jedes Grübchen, wenn sie lachte, ihre herzliche Art, ihren Kampfgeist, ihren Familiensinn und ihre Gabe, auch einmal Schwäche zu zeigen – einfach alles eben!

„Ich verstehe...", gähnte Sylvia erneut, „ich gehe mal Constanze-Finja wecken."

Sie ging ins Kinderzimmer, als es plötzlich an der Haustür klingelte. Sylvia hörte das Klingeln noch und wunderte sich. Konstantin erhob sich ächzend und ging zur Tür, um diese zu öffnen. Davor stand ein junger, braunhaariger Mann.

„Was kann ich für Sie tun?", fragte Konstantin. In diesem Moment trat auch Sylvia mit Constanze-Finja auf dem Arm zur Tür. Das kleine Mädchen trug einen rosafarbenen Schlafanzug, im Mund hatte sie einen ebenfalls rosafarbenen Schnuller und in den Händen hielt sie einen braunen Plüsch-Teddybären.

Alle drei blickten gespannt auf den Mann, der in der Eingangstür stand.

„Ich bin dein Sohn. Ich bin Raul Hilliard."

§ §

Carsten saß in seinem Wohnzimmer und machte sich Gedanken, *ob Sergios Vorschlag wirklich eine so gute Idee war.* Aber die Angst, seine Familie zu verlieren, wog schwerer als seine moralischen Bedenken, und außerdem bot Sergio ihnen allen ein sorgenfreies Leben an. Die Chance, dass er es alleine schaffen würde, dem Spielen und dem Trinken zu widerstehen und seiner Familie Schutz zu bieten, war verschwindend gering. Es war gefährlich, sich auf einen Mann wie Sergio einzulassen, aber es gab für Carsten Picht nichts mehr, das er noch verlieren konnte.

§ §
§ § §

Das war ein ziemlicher Schock für einen so schönen Morgen. Sie baten Raul natürlich zunächst hinein. Beim Frühstück erklärte Raul, wie er von der Existenz seines Erzeugers erfahren hatte.

Konstantin und Sylvia hatten sich vor einiger Zeit bei einem vertraulichen Gespräch alles über ihre Familien erzählt, und Sylvia wusste bereits von der Existenz seines unehelichen Sohnes; trotzdem waren beide sprachlos. Auch Constanze-Finja schaute den Mann aus großen Augen an. Eine kurze Weile herrschte Schweigen am Tisch.

„Herzlich willkommen in der Familie", breitete Konstantin dann die Arme aus. Sylvia lächelte. Konstantin war eben ein Familienmensch durch und durch.

Montag, 2. Juli 2012

Konstantin Kirschstein stellte einen Topf auf die Herd-platte und füllte kalte Milch hinein. Als die Milch er-wärmt war, nahm er den Topf von der Platte und rührte drei Löffel Kakaopulver unter. Während des Zuberei-tens dachte er an seinen Sohn Raul:

Nachdem Raul vor vier Jahren zu der Familie gestoßen war, hatte Sylvia ihm ein Geständnis machen müssen. Sie war erst 17 Jahre alt gewesen, als sie im Oktober 1987 eine Tochter zur Welt brachte. Der Vater – kaum älter als sie selbst – hatte sie verlassen, noch bevor das Kind auf die Welt gekommen war, so dass sie sich ent-schlossen hatte, das Baby nach der Geburt zur Adoption freizugeben. Auch Sylvia hatte also außer der gemein-samen Tochter Constanze-Finja noch ein weiteres Kind... Nach diesem Gespräch hatten Sylvia und Kon-stantin sich geschworen, keine Geheimnisse mehr vor-einander zu haben und immer ehrlich zueinander zu sein.

Dass Raul nun die Familie erweiterte, erwies sich als Segen. Alle Beteiligten hatten sich auf Anhieb gut mit-einander verstanden und Raul war sofort voll integriert. Einmal war Konstantin an Elkes Grab gewesen und hatte weiße Lilien niedergelegt. Ein einziges Mal – das erste und das letzte Mal. Konstantin war froh, dass Raul und er sich so gut verstanden. Obgleich Raul bereits eine kleine Wohnung hatte, hatte Konstantin ihm in

Townhouse sein eigenes Zimmer eingerichtet, in das Raul nach einiger Zeit ganz eingezogen war. Und bei seiner kleinen Halbschwester Constanze-Finja stand Raul ohnehin hoch im Kurs.

Konstantins Gedanken glitten zurück ins Hier und Jetzt, zur Zubereitung des Kakaos. Er füllte das warme Getränk in eine Porzellankanne und schloss den Deckel. Die Kanne platzierte er mit einem Porzellanbecher auf dem Frühstückstisch. Anschließend bereitete er mit dem Vollautomaten noch zwei Espresso zu und stellte sie ebenfalls auf den Tisch.

Plötzlich entdeckte er einen Zettel:

> Hi, Dad! Ich bin schon losgefahren zur Arbeit. Heute Abend komme ich nicht nach Hause. Ein Kumpel von mir feiert eine Party. Ich übernachte dann bei ihm. Ihr braucht also mit dem Essen nicht auf mich zu warten. Gruß Raul.

Konstantin nahm den Zettel mit einem kurzen Nicken zur Kenntnis. Da klingelte es an der Tür. Seufzend öffnete er sie. Seine Schwägerin Sonja stand davor.

„Sonja, was machst du denn schon hier?", begrüßte er seine Schwägerin überrascht mit einer Umarmung.

Ihre blonden, glatten Haare trug sie offen – perfekt zu ihrer Jeans und dem lilafarbenen T-Shirt. Sie hatte eine sportliche, durchtrainierte Figur. Konstantin trug heute einen grauen Anzug und ein lilafarbenes Hemd mit einer blauen Krawatte. Sonja lachte und zeigte auf ihr Shirt und sein Hemd: „Als hätten wir uns abgesprochen, was?", grinste sie.

Er nickte und lächelte. Dann erklärte sie den Grund für ihr spontanes Kommen: „Ich war gerade beim Bäcker, und als ich den Laden verließ, dachte ich, ich komme euch kurz besuchen und bringe euch Croissants mit. Die Verkäuferin hat mir vier Stück eingepackt, weil es wohl irgendeine Rabattaktion gibt."

„Wunderbar, vielen Dank", er nahm ihr die Bäckereitüte ab, und sie trat ein.

„Setz' dich doch", lud er sie ein und schickte sich an, den Tisch zu Ende zu decken.

Sonja nahm an dem halb gedeckten Frühstückstisch Platz – doch kurze Zeit später sprang sie schon wieder auf.

„Ich helfe dir!", meinte sie lächelnd; sie sprudelte nur so vor Tatendrang und Energie, dies war ein Markenzeichen von ihr; auch nach einem Neun-Stunden-Arbeitstag sprühte sie geradeso vor Eifer und Lebenslust. Konstantin und Sylvia bewunderten dies.

Sylvia gab nach außen hin immer die toughe Anwältin, die Unnahbare. Aber alle in der Familie wussten, dass sie in Wahrheit sehr weich, verletzlich und zerbrechlich war. Bei Konstantin zeigte Sylvia sich in schwachen Momenten auch ehrlich, bei ihm ließ sie ihren Sorgen, Ängsten, Tränen und Gefühlen freien Lauf – aber nur bei ihm.

Sonja gab die Croissants und die aufgebackenen Brötchen, die auf der Anrichte lagen, in einen mit einer lachsfarbenen Serviette ausgelegten Brotkorb aus Edelstahl und stellte diesen auf den Frühstückstisch. Sie strahlte und räumte noch andere Frühstückszutaten aus dem Kühlschrank, platzierte sie auf den Tisch und begann, Rührei zu machen.

Konstantin bot seiner Schwägerin einen Espresso an, den sie jedoch dankend ablehnte und stattdessen sagte: „Lieber einen Tee, wenn du einen hast? Vielleicht grünen Tee, oder Cranberry-Tee?"

„Cranberry-Tee hätte ich anzubieten", stellte Konstantin nach einem Blick in das Tee-Regal fest.

„Ja, gerne", meinte Sonja.

Und als das Teewasser kochte, goss Konstantin ihr den Tee ein und reichte ihr die Tasse. Sie nahm sie entgegen und blies andächtig in die Tasse, damit die heiße Flüssigkeit erkaltete: „Dankeschön."

Konstantin nickte ihr lächelnd zu: „Was macht Nils? Wie geht es ihm?", erkundigte er sich, nachdem er einen winzigen Schluck Espresso zu sich genommen hatte.

„Nils geht es gut. Er ist schon losgefahren – ins Fitness-studio. Du weißt ja, er liebt seinen Job – fast genauso, wie du und Sylvia es tun", war Sonjas Antwort, und beide mussten grinsen.

Mit Sylvias Schwester Sonja hatten Sylvia, Konstantin und die gemeinsame Tochter Constanze-Finja einen sehr guten Kontakt. Sonja hieß mittlerweile mit Nach-namen Dannheimer, denn sie war mit Nils Dannheimer, einem Fitnesstrainer, verheiratet. Beide waren vierzig Jahre alt und führten seit zwanzig Jahren eine glückli-che, aber kinderlose Ehe. Sonja arbeitete in Nils' Fit-nessstudio als Masseurin.

In diesem Moment trat Sylvia aus dem Schlafzimmer. Sie trug einen braunen Seidenmorgenmantel. Die brau-nen, langen Haare trug sie offen. Sie sah blass aus, fand Konstantin. Sylvia war ohnehin ein blasser Typ, aber für Konstantin hatte es den Anschein, dass sie heute noch eine Nuance bleicher aussah als sonst. Aber vielleicht täuschte er sich da auch.

„Guten Morgen, Liebling!", Konstantin küsste sie.

„Guten Morgen", entgegnete sie matt, den Kuss erwi-dernd.

„Ist alles in Ordnung, Liebes?", wollte Konstantin be-sorgt wissen. Er schien sich doch nicht getäuscht zu haben.

„Ja, sicher. Ich habe nur schlecht geschlafen", murmelte Sylvia müde und wandte sich ab. Sie drehte sich ihrer

Schwester zu und umarmte diese herzlich: „Schön, dich zu sehen", freute sie sich, „wie kommt es, dass du schon so früh hier bist?"

„Nils ist schon los ins Fitnessstudio. Ich war gerade beim Bäcker, es gab eine Rabattaktion und da dachte ich, ich bringe euch Croissants mit", erklärte Sonja ihrer Schwester.

„Das freut mich sehr, dass du uns besuchen kommst, und danke für die Croissants!"

So frühstückten die Erwachsenen gemeinsam. Eine halbe Stunde später, um 06:30 Uhr, ging Sylvia ins Kinderzimmer, um Constanze-Finja zu wecken. Der Unterricht des Mädchens begann immer um 08:00 Uhr, aber meist fuhr einer ihrer Eltern sie bereits um 07:30 Uhr zur Schule. So hatte sie noch Zeit, wichtige Dinge mit ihren Freundinnen, insbesondere mit ihrer besten Freundin Lina, zu besprechen, die ebenfalls schon früh morgens in der Kernzeit-Betreuung war.

Lina war die Tochter von Götz und Gabriella Erdmann. Mit Götz waren mit Constanze-Finjas Eltern bereits seit Jahren befreundet. Alle drei hatten zusammen Jura studiert, und Götz war ebenfalls Anwalt geworden. Dann hatten sie zu dritt eine Kanzlei geführt, doch das war lange Zeit vor der Geburt von Constanze-Finja gewesen. Götz und Gabriella waren viel früher Eltern geworden, sie hatten bereits zwei erwachsene Söhne, Elias und Armin, die beide nicht mehr zu Hause wohnen. Sehr zu Götz' Missfallen hatte aber keiner seiner

Söhne in seine Fußstapfen treten wollen – nein, denn beide arbeiteten in der Hotelbranche. Götz hatte sich jedoch vor einigen Jahren aus der gemeinsamen Kanzlei zurückgezogen und arbeitete jetzt als angestellter Anwalt in einer anderen Kanzlei, um mehr Zeit für seine herzkranke Frau Gabriella und für Nesthäkchen Lina zu haben. Gabriella war als Hausfrau und Mutter zuhause geblieben und immer für die Kinder da gewesen. Auch wenn sich die Familie nur in unregelmäßigen Abständen traf, telefonierten sie öfter miteinander.

Sanft strich Sylvia ihrer Tochter über das dunkelblonde Haar: „Bienchen, du musst aufstehen!", sie lächelte ihre Tochter an.

„Mhm", machte Constanze-Finja, wälzte sich noch einmal hin und her und gähnte herzhaft, bis sie sich schließlich aus der warmen und weichen Bettdecke schälte.

„Komm schon, der Papa hat längst Kakao für dich gekocht, und Tante Sonja ist auch da", lockte Sylvia ihre Tochter.

„Papaaaa, Tante Sonja!", rief das Mädchen freudig und war mit einem Schlag hellwach. Sie stürmte in die Küche und umarmte beide stürmisch.

„Guten Morgen, meine Königin", Konstantin drückte seine Tochter an sich.

„Guten Morgen, Liebes", nachdem Konstantin seine Tochter wieder freigegeben hatte, drückte auch Tante

Sonja ihre kleine Nichte an sich. Kurzerhand stellte er den Porzellanbecher mit Kakao für seine Tochter noch einmal in die Mikrowelle und erwärmte sie.

Sylvia lächelte matt. Konstantin sah sie mit sorgenvollem Blick an. *Er wusste nicht, was er tun, geschweige denn sagen sollte. Was war bloß mit Sylvia los? Seines Wissens nach hatte seine Frau keine Probleme, die sie belasten könnten. Er verstand es einfach nicht, oder bildete er sich das alles etwa sogar nur ein?*

Das Vibrieren seines Handys holte ihn aus seinen Gedanken. Eine neue E-Mail war eingegangen. Er öffnete und las sie:

Von: sergio.sps.g@aol.com

An: KonstantinK.080405@arcor.de

Hallo Konstantin,

können wir uns treffen? Ich weiß, unser Verhältnis war nicht das Beste, aber ich habe mich geändert... Ich habe sehr viele Menschen verloren, die mir etwas bedeutet haben, durch meine Fehler und Taten. Aber ich würde auch Dir, Konstantin, gerne beweisen, dass ich mich geändert habe. Können wir uns treffen? Bitte gib' mir eine Chance, um Dir zu zeigen, dass ich mich geändert habe.

Sergio Spreen

Geschäftsmann

Er las die Mail mehrmals nacheinander, so lange, bis sich Buchstabe um Buchstabe, Wort für Wort, in sein Hirn fraßen.

Konnte das wirklich so einfach sein? Der große und einst so mächtig wirkende Sergio Spreen, der der skrupelloseste Mensch gewesen war, den Konstantin zu kennen glaubte, hatte sich plötzlich zum Schwachen – nein, zum Menschlichen – hin geändert und zeigte Reue?

Sylvia blickte in das verständnislose Gesicht ihres Mannes: „Was ist los? Stimmt etwas nicht?"

Konstantin rang mit sich. Er überlegte und wog ab, ob er seine Frau mit dieser Mail belasten sollte oder nicht. Wenn es darum ging, seine Familie zu schützen, dann war Konstantin zu allem bereit. Er schwieg und überlegte weiter und weiter, zu einer Lösung kam er nicht.

„Konstantin, bitte sag' mir, was los ist?!", forderte Sylvia ihren Mann ein letztes Mal auf.

„Nichts, verdammt! Lass' mich einfach in Ruhe!", mit diesen Worten ließ er Sylvia und Sonja zurück. Er nahm seine Tochter mit ins Badezimmer, wo er ihr beim Umziehen half. Danach putzte sie ihre Zähne, ihr Vater kämmte ihre Haare und flocht ihr einen Zopf, der von rosafarbenen Haarspangen und Haargummis zusammengehalten wurde.

Constanze-Finja betrachte sich im Spiegel: „Ungeschminkt kann ich auf keinen Fall zur Schule gehen", stellte das Mädchen aufgeregt fest.

Konstantin verdrehte genervt die Augen und atmete aus: „Du bist erst sieben Jahre alt und ich möchte nicht, dass du dich schminkst! Und damit basta!", er zog seine Tochter aus dem Badezimmer und nahm sie an die Hand. In der anderen Hand trug er ihre Schultasche.

„Gehen wir, du brauchst keine Jacke. Heute Mittag wird es richtig warm", seine Stimme klang genervt.

Constanze-Finja nickte, und er setzte sie ins Auto. Dann stieg er auf den Fahrersitz und fuhr los. Das Mädchen summte während der Fahrt leise vor sich hin, aber Konstantin nahm das Gesumme seiner Tochter kaum wahr. Ihm ging diese verdammte Mail nicht aus dem Kopf und sein einziger Gedanke war: *Ich muss meine Familie schützen.*

„Vorsicht, Papa! Die Frau! Die Ampel ist doch rot!", schrie Constanze-Finja unvermittelt, und riss ihren Vater damit aus seinen Gedanken.

Die Seniorin, die mit ihrem Rollator die Straße überqueren wollte, schaffte es gerade noch auszuweichen. Konstantin hob entschuldigend die Hand, und die Dame nickte ihm zu. Jetzt schaltete die Ampel auf Grün und er fuhr los. *„Verdammt! Jetzt reiß' dich zusammen, Konstantin!"*, ermahnte er sich im Stillen selbst.

Auf dem Parkplatz der Schule angekommen, hielt er an. Constanze-Finja sprang heraus; ihre Freundinnen erwarteten sie bereits. Konstantin half ihr beim Aufsetzen des Schulranzens, ging in die Knie und sagte mit ernster Miene: „Wenn etwas ist, oder wenn du früher Schule aus hast, dann rufst du an. In Ordnung?"

„Ja, mache ich. Versprochen", nickte seine Tochter, doch als er ihr noch einen Kuss auf die Wange drücken wollte, wandte sie sich ab, „Papa, lass' das, du bist echt peinlich!"

Sie stampfte zu ihren Freundinnen, die hinter dem Schultor warteten. Konstantin erhob sich und verdrehte wieder die Augen.

Er machte sich auf den Weg zurück nach Hause, in die Kanzlei. Er hatte noch einige Mails und bestimmt auch einige Briefe zu beantworten, die ihm seine Sekretärin, Frau Hinrichs, bereits herausgesucht und sorgfältig sortiert auf seinen Schreibtisch gelegt hatte. Er wusste genau, dass seine Sekretärin immer ordentlich, exakt und pünktlich war und genauso sorgfältig arbeitete.

In der Kanzlei angekommen, strahlte Frau Hinrichs ihm entgegen. Wie immer hatte sie ihre braunen Haare zu einem Dutt nach oben gesteckt, ihre Brille saß akkurat auf ihrer Nase, nur ihre Lippen – Konstantin musste sich ein Grinsen verkneifen – die Lippen hatten wohl heute Morgen etwas zu viel von dem Rot des Lippenstifts abbekommen. Zu ihrem blau-schwarzen Kostüm passte das nicht wirklich.

„Guten Morgen, Herr Kirschstein, möchten Sie einen Espresso?", erkundigte sich Frau Hinrichs dienstfertig.

„Sehr gerne. Sagen Sie, ist meine Frau schon hier?"

„Nein, sie ist noch nicht aufgetaucht", antworte Frau Hinrichs; gleich darauf servierte sie ihm seinen Espresso.

Konstantin bedankte sich und murmelte gedankenverloren: „Merkwürdig... wo steckt Sylvia denn?!"

„Es kam noch ein Fax für Sie von Herrn Sergio Spreen", Frau Hinrichs reichte ihm das Papier.

„Dankeschön", er nahm es entgegen und las die Zeilen:

Können wir uns heute Abend in Deinem Townhouse treffen? Bitte, ich habe mich geändert und möchte endlich mit Dir ins Reine kommen.

Sergio

Konstantin dachte angestrengt nach. *Vielleicht war es ein Fehler gewesen, nicht gleich heute Morgen mit Sylvia zu sprechen. Sie hatten doch sonst keine Geheimnisse voreinander! Jetzt überschlugen sich die Ereignisse schon... Ja, er sollte doch lieber mit Sylvia reden! Aber er wollte sie schützen! ... Andererseits war das vielleicht genau das Falsche. Wo war sie überhaupt? Eine Mischung aus Angst, Unruhe und Sorge erfüllte ihn.*

§ §
§ § §

Sylvia wollte eigentlich schon längst in die Kanzlei hinuntergegangen sein, aber nachdem Sonja gefahren war, hatte sie sich erst umgezogen - sie trug jetzt ein cremefarbenes Top und darüber ein cremefarbenes Jackett, dazu eine lindgrüne Hose. Ihre Füße zierten helle, elegante Schuhe mit hohen Absätzen.

Gerade, als sie in die Kanzlei wollte, klingelte es erneut an der Tür. Sie öffnete; vor der Tür stand ein schlanker, großer Mann, schätzungsweise um die Vierzig. Er hatte kurzes, mittelblondes Haar und war braungebrannt, zudem wirkte er stark und muskulös. Und diese Augen... Sylvia war sekundenlang völlig gebannt. Der Mann trug ein beiges Jackett, darunter ein weißes Hemd, eine Jeans und braune Lederschuhe. Einen Moment lang war Sylvia fasziniert von diesem Mann, der sie charmant anlächelte.

„Guten Morgen, mein Name ist Carsten Picht. Ich bin Junggeselle, also Single, und bin vor kurzem in das zweite Haus neben Ihnen gezogen. Jetzt wollte ich mir gerade ein Müsli machen, dabei ist mir aufgefallen, dass ich überhaupt keine Milch mehr im Kühlschrank habe... Naja, Junggesellen-Haushalt eben", er lächelte verlegen, „könnte ich freundlicherweise vielleicht ein wenig Milch von Ihnen bekommen?"

Immer noch lag dieses charmante Lächeln auf seinen Lippen.

„Guten Morgen, Herr Picht. Es freut mich, Sie kennenzulernen", Sylvia hielt ihm ihre Hand hin und er ergriff diese.

„Die Freude ist ganz meinerseits", sagte er, als er ihre Hand schüttelte.

Bevor Carsten Sergios Auftrag angenommen hatte, hatte er seiner Frau erzählt, er habe ein neues Job-Angebot bekommen und es sei besser, wenn er dafür in eine Dienstwohnung umzog. Von Berlin nach Berlin-Schwalbensee. Das waren etwa dreißig Minuten Fahrzeit. Und außerdem hatte er angeblich in Berlin-Schwalbensee eine entfernte Cousine namens Thekla, um die er sich kümmern müsse. Allerdings würde er sie und die Kinder, so oft es ihm möglich war, besuchen. Seine Frau glaubte ihm alles, ohne nachzuforschen, sie vertraute ihm blind.

Seine Vergangenheit als Spiel- und Alkoholsüchtiger hatte ihn geprägt, irgendwie hatte Sergio sein Vertrauen gewonnen und ihm aus allen Tiefen geholfen. Er war in Sergios mafia-ähnlichen Spielchen gelandet, war sein Vertrauter geworden. Beide hatten sich kennengelernt, als Carsten gerade seine Spielschulden begleichen wollte, aber wieder einmal nicht mehr genug Geld gehabt hatte, weil er dies zuvor für Wodka, Whisky und Cognac ausgegeben hatte. Sergio hatte Carstens Spielschulden kurzerhand übernommen, seither stand er in Sergios Schuld.

„Kommen Sie doch bitte gerne herein", bat Sylvia und trat zur Seite, um ihm Platz zu machen.

Er nickte ihr lächelnd zu und folgte ihr in die Küche, wo sie den Kühlschrank öffnete und feststellte, dass Konstantin keine neue Milch aus dem Keller geholt hatte.

„Oh, hier haben wir auch keine Milch mehr", drehte sich Sylvia um und lächelte entschuldigend, „die neue Milch ist leider im Keller. Ich hole sie schnell."

„Nur keine Eile, schöne Frau", Carsten erwiderte ihr Lächeln und lehnte sich entspannt gegen die Arbeitsplatte. Sylvia verschwand im Keller und holte eine neue Milchtüte.

Carsten nutzte die Zeit und brachte in der Küche kleine Kameras und Abhörgeräte an. Doch als Sylvia den Raum betrat, lehnte er bereits wieder an der Arbeitsfläche, als sei nichts gewesen.

Sylvia kam zurück und reichte ihm die Milchtüte. „Hier, bitteschön. Ihre Milch!"

„Dankeschön!", er nahm sie entgegen und lächelte. „Reicht es, wenn ich heute Abend eine neue vorbeibringe? Und... wollen wir uns nicht duzen? Ich bin Carsten!", bot er ihr das Du an.

„Natürlich reicht das. Das Du nehme ich sehr gerne an, ich bin Sylvia!", sie schüttelte seine Hand.

„Vielleicht könnten wir uns auch einmal zum Essen treffen, ich lade dich natürlich ein", er zwinkerte.

„Gerne, das würde mich sehr freuen."

„Mich auch!", erwiderte er, verabschiedete sich und ging.

Draußen an der frischen Luft angekommen, tippte er eine SMS:

Erster Auftrag ausgeführt, Chef! Ich war in der Wohnung, Kameras sind on, wir duzen uns - sie hat angebissen!,

Die Antwort-SMS kam prompt:

Großartig!

§§§§§§§§§§§§§§§§§§§§§§§§§§
§§§

Nachdem Carsten gegangen war, ging Sylvia in Gedanken an diesen Mann, der ein merkwürdiges Kribbeln in ihrem Körper auslöste, das sie nicht richtig zu deuten wusste, endlich hinunter in die Kanzlei.

„Frau Hinrichs, hallo. Gibt es Post für mich?", erkundigte Sylvia sich bei der Sekretärin.

„Nein", die Sekretärin hob bedauernd die Schultern.

Der Tag verlief ansonsten weitgehend ruhig. Konstantin und Sylvia hatten Mandantengespräche und tätigten die wichtigen Anrufe und Ablagearbeiten wie immer selbst.

Dann war es an der Zeit, Constanze-Finja abzuholen, was die beiden meist gemeinsam machten. Constanze-

Finja erwartete sie schon aufgeregt am Schultor: „Ich hatte einen ganz tollen Tag mit Lina. Kann sie uns mal wieder besuchen kommen?"

„Natürlich, dann müssen wir eben mal wieder etwas mit ihr und ihren Eltern ausmachen", stimmten beide zu.

Und das Mädchen hüpfte vor Freude. Sie fuhren nach Hause. Dort angekommen, gab es Spaghetti mit Tomatensoße und Salat und zum Nachtisch Waldmeisterpudding; anschließend spielten die drei noch ein gemeinsames Brettspiel.

Es dämmerte bereits, als Sylvia den Müll nach unten brachte. Dort traf sie auf Carsten, der ihr lächelnd eine neue Milchtüte übergab. Er nutzte die Gelegenheit und schlug vor, die Handynummern zu tauschen.

Wieder in der Wohnung brachten, Sylvia und Konstantin ihre Tochter ins Bett, wie üblich mit liebevollen Küssen und Streicheleinheiten, sowie mit einer Gute-Nacht-Geschichte. Als Constanze-Finja schlief, gingen auch ihre Eltern ins Bett. Sylvia las noch eine Zeitschrift und Konstantin stellte seinen Wecker ein.

„Ach ja, weißt du eigentlich, dass ein neuer Nachbar zwei Häuser entfernt von uns wohnt? Ich habe ihn heute kennengelernt. Er hat sich bei uns Milch ausgeliehen", erzählte Sylvia ihrem Mann, „scheint ganz freundlich zu sein", fügte sie hinzu.

Konstantin lächelte und legte seinen Arm um ihre Schulter: „Ich bin gespannt, wann ich ihn kennenlernen darf."

Seine Gedanken schienen jedoch ganz woanders zu sein; er sah seiner Frau tief in die Augen: „Weißt du Sylvia, das Wichtigste ist doch, dass es unserer Familie gut geht. Dafür sollten wir dankbar sein. Es kann alles so schnell vorbei sein." Er legte die Stirn in Falten.

Sylvias Miene wurde besorgt. Mit ihren Fingern fuhr sie über seine Brust: „Warum willst du mir nicht sagen, was dich bedrückt?"

„Ich bin einfach nur so froh, dass es dich gibt!", flüsterte er in ihr Haar, „und jetzt lass' uns schlafen…"

Sylvia nickte und schmiegte ihren Kopf an seine Brust. Die Liebe zwischen ihnen war wie ein starkes Band und sie wusste, er würde ihr früher oder später noch sagen, was ihn bekümmerte. Und gemeinsam würden sie eine Lösung finden. Sie war sicher: Ihre Liebe würde alles überwinden! Ehe Sylvia einschlief dachte sie wieder an ihre Begegnung mit Carsten, *dieses kribbelige Gefühl der Verliebtheit, welches sie gefühlt hatte….Sie kam sich vor wie ein Teenager! Charmant, nett, höflich und…Schluss jetzt!* Verbot sie sich jeden weiteren Gedanken an den neuen Nachbarn.

Auch Konstantin konnte nicht schlafen, er hingegen dachte *an Sergios Mail und dieses Treffen und er fühlte nur Angst, Angst um seine Familie. Ihm war, als habe er einen zentnerschweren Kloß in der Kehle und im Ma-*

gen. Er würde seine Familie schützen, koste es, was es wolle.

Es war spät – oder besser früh, als sie beide endlich einschliefen.

Carsten hatte sich vorgenommen, es langsam angehen zu lassen mit der Anwaltsgattin. Bei Frauen durfte man nichts überstürzen!

Er schrieb sie im Laufe des Tages mehrmals an unter dem Vorwand, Informationen über nahegelegene Geschäfte zu bekommen – schließlich war er neu in der Gegend! Doch unmerklich wurde aus jedem SMS-Kontakt immer mehr ein kleiner Flirt, wenn er charmante Komplimente einstreute... und dass ihr das gefiel, merkte er an ihren Antworten! Das Spiel war angepfiffen, der Ball lief – bald würde er das erste Tor platzieren!!! Carsten freute sich hämisch! Und er hielt Sergio stets auf dem Laufenden.

§ §

Konstantin hatte Sergio bisher nur vertröstet. Er konnte sich nicht dazu durchringen, dem Treffen so spontan zuzustimmen. *Sollte er mit Sylvia darüber sprechen? Oder mit jemandem anderes?*

Fünf Uhr.

„Mama, Papa! Ich hab sooo Bauchweh!", ertönte die Stimme des Mädchens am Ehebett ihrer Eltern. Sie war in das Schlafzimmer getapst. Sylvia lächelte im Schlaf. Konstantin hingegen wälzte sich unruhig von einer Seite auf die andere. Constanze-Finja bemerkte, dass ihr Papa sehr stark schwitzte. Als weder ihre Mutter, noch ihr Vater reagierten, rüttelte das Mädchen beide an den Armen. Zuerst erwachte ihr Vater mit einem Schrei. Der Schweiß rann ihm über das ganze Gesicht; sein Herz pochte wie wild. Durch Konstantins Schrei war nun auch Sylvia wach; verschlafen rieb sie sich die Augen und gähnte.

„Was ist denn los, Prinzessin?", fragte Konstantin, nachdem er wie wild um sich geblickt und dann registriert hatte, dass er zuhause im Bett lag, neben ihm seine Frau, am Bett seine kleine Tochter. Alles vollkommen harmlos.

§ §
§ § §

SMS-Schreiben konnte man auch von zuhause aus – so hatte Carsten beschlossen heimzufahren. Als er dann gestern Abend nach Hause gekommen war, hatten Rebecca und die Kinder, Ina-Sarah und Jan-Ruben, ihn freudig begrüßt. Es hatte sich so gut angefühlt, wieder nach Hause zu kommen. Es hatte sich so unglaublich gut angefühlt, zu seiner Familie zu kommen, seinen

Kindern über das Haar zu streichen, sie in die Arme zu nehmen und ganz festzuhalten. Es hatte sich so gut angefühlt,
Rebeccas Haar mit seinen Händen zu durchwühlen, ihre Lippen und ihre Brüste zu liebkosen. Jede Stelle ihres Körpers zu spüren, Haut an Haut. Ihren Duft hatte er förmlich inhaliert. Ihr rosig-duftendes Parfum gefiel ihm. Jetzt neben ihr aufzuwachen war für ihn das größte Geschenk, das es gab. Gerade wollte er mit seinen Fingern sanft über ihre Wange streichen, als sein Handy klingelte.

„So ein Mist!", murmelte er, nachdem er einen Blick auf das Handy geworfen hatte.

„Geh' ruhig ran", sagte Rebecca und erhob sich, „ich muss aufs Klo!"

Nachdem sie die Badezimmertür hinter sich geschlossen hatte, nahm Carsten das Gespräch entgegen.

„Ich bin bei meiner Frau, was gibt's denn?", fragte Carsten leise.

„Ich bin es, Sergio."

„Ich weiß. Ich sehe deine Nummer und deinen Namen auf dem Display meines Handys", erklärte Carsten und verdrehte die Augen.

„Ah…"

„Was gibt es denn?", wollte Carsten erneut wissen.

„Ich denke, es läuft ganz gut auf deiner Spur – bei mir eher nicht so – der Anwalt hat dem Treffen immer noch nicht zugestimmt. Also bleib an der Frau dran - Von mir aus kannst du das auch von Zuhause aus erledigen. Die Zwischenzeit kannst du mit deiner Frau und deinen Kindern verbringen. Unternimm' doch etwas Schönes mit ihnen. Geht von mir aus in die Natur, an die Spree oder macht einen Wander- oder Fahrradausflug", schlug Sergio mit einer Freundlichkeit, die Carsten überraschte, vor.

„In Ordnung. Und wie geht es mit unserem Plan weiter?", hakte Carsten etwas irritiert nach.

„Du musst nicht vor Ort sein. Sie ist ja schon ganz heiß auf dich – ein wenig Abstinenz heizt vielleicht ihre Sehnsucht an! Jetzt hast du erstmal frei. Du wirst allerdings mit ihr simsen und Kontakt halten. Du musst weiter ihr Vertrauen gewinnen, ist das klar?!"

„Aber natürlich. Danke", erwiderte er und legte auf.

In diesem Moment kam Rebecca aus dem Badezimmer.

„Etwas Wichtiges?", wollte Rebecca wissen.

„Ich habe bis zum Wochenende frei bekommen", lächelte Carsten, um sofort weiterzusprechen, „diese Tage gehören nur uns beiden und den Kindern!", strahlte er sie an, und sie umarmte ihn freudig überrascht.

§ §
§ § §

„Ich hab Bauchweh", wiederholte Constanze-Finja.

Sylvia stand auf und ging vor ihrer Tochter auf die Knie. Sanft strich sie ihr über den Bauch: „Bauchweh, wovon denn?", erkundigte sich die Mutter.

„Ich weiß´ nicht", das Mädchen zuckte die Schultern.

„Ich habe eine Idee, wir kochen jetzt einen Kamillentee, dazu gibt es einen Zwieback und dann mache ich dir noch eine Wärmflasche. Und wir kuscheln alle schön auf dem Sofa. Na, wie klingt das?", schlug Sylvia vor und erhob sich.

„Ja", war das Mädchen einverstanden.

Sylvia warf sich einen Morgenmantel um, griff nach ihrem Handy und stellte den Ton auf lautlos. Dann ging sie in die Küche und begann, Tee zu kochen und Zwieback im Schrank zu suchen.

Konstantin brauchte einen Moment länger; dann erhob er sich kopfschüttelnd und begann, Wasser für die Wärmflasche zu erhitzen.

§ §

Da er nun ohnehin wach war, setzte Carsten sich vor den Fernseher und schaltete ihn leise ein, bis Rebecca sich zu ihm auf das Sofa setzte, wo die beiden Zärtlichkeiten austauschten – da klingelte Carstens Handy erneut. Er hob ab.

„Was gibt es denn noch?", fragte er.

„Ich bin gerade am Haus der Familie angekommen. Hab ich dir gesagt, dass ich den Monitor, der mit der Kamera verbunden ist, bei mir angebracht habe? Wenn du möchtest, dann kannst du auch einen in deiner Bude haben... Na, jedenfalls war auf dem Monitor zu sehen, dass sie wach sind. Und scheinbar ist wohl ihre Tochter krank. Dies war aber leider auf dem Monitor nicht eindeutig zu sehen, deshalb bin ich noch einmal selbst hingefahren. Ich werde mich nun aber wieder verziehen und nach Hause gehen. Und du wirst mit der Frau Gattin kommunizieren, egal wie. Erfinde, dass du schlaflos bist – oder was auch immer. Lass' dir was einfallen, aber gewinn' ihr Vertrauen, klar?!"

„Natürlich. Ich hätte das Rebecca ohnehin kaum erklären können. Glasklar", Carsten legte erneut auf und wandte sich Rebecca zu.

„Was kannst du mir nicht erklären?", fragte Rebecca verdutzt.

„Dass ich dich so sehr liebe und dich heute unmöglich alleine lassen möchte. Wir werden heute einen wunderbaren Tag verbringen: Das war meine Cousine Thekla. Eigentlich braucht sie mich, es geht ihr gesundheitlich nicht so gut in den letzten Tagen. Ich war mit ihr Anfang der Woche beim Arzt – aber bis Montag wird sie es auch ohne mich schaffen. Sie hat gute Medikamente bekommen", Carsten lächelte Rebecca an und in ihrem Gesicht konnte er lesen, dass sie ihm glaubte, bedingungslos. Carstens ehrliche, ernstgemeinte und reine Liebe gehörte nur Rebecca und den Kindern alleine. Alles andere, was er mit anderen Frauen im Auftrag von Sergio tat, war vorgespielt – und Carsten konnte täuschen. Schon so manche Frau, um die er sich in Sergios Auftrag gekümmert hatte, war auf ihn hereingefallen und hatte ernsthaft geglaubt, dass er sein Leben mit ihr verbringen wollte...

„Ich mache jetzt das Frühstück und dann gehe ich die Kinder wecken", sagte Rebecca und Carsten ging nach draußen, um die Zeitung herein zu holen, mit seinem Handy in der Hosentasche. Er schritt den runden Gartenweg bis zum Briefkasten weit aus. Am Briefkasten angekommen, warf er einen Blick hinein – keine Post. Aber die Zeitung steckte im Zeitungsrohr. Er nahm sie heraus und klemmte sie unter seinen Arm, dann zog er sein Handy aus der Hosentasche und tippte eine SMS:

Na, schöne Frau, wie geht es dir? Bist du auch schlaflos? Ich musste die ganze Zeit an dich denken. Ich hoffe, ich wecke dich nicht. Carsten.

Danach steckte er das Handy wieder ein und ging zurück ins Haus. Als er zurück war, duftete es in der Küche bereits nach gebratenem Speck und Ei.

§§§§§§§§§§§§§§§§§§§§§§§§§§
§§§

Gefühlt eine halbe Ewigkeit waren Sylvia und Konstantin in der Nacht für die kranke Tochter da gewesen. Mit

Tee und Wärmflasche hatten sich alle drei aufs Sofa gelegt, und als Constanze-Finja dann wieder eingeschlafen war, war Sylvia neben ihr auf dem Sofa liegen geblieben, er war auf das gegenüberliegende Sofa umgezogen.

Konstantin erwachte erschrocken. Seine innere Uhr hatte ihn – trotz der schlimmen Nacht – zur üblich frühen Zeit geweckt. Auf dem Sofa gegenüber schlief entspannt seine Tochter, auf dem Bauch die Wärmflasche. Ihren Arm hatte sie um ihre Mutter geschlungen.

Er beschloss, die beiden schlafen zu lassen – einer von ihnen musste ohnehin bei dem kranken Kind bleiben. Daher ging er, ohne die beiden zu wecken, ins Badezimmer, um sich frisch zumachen; danach zog er sich an und machte in der Küche das Frühstück. Glücklicherweise musste er sich heute um Raul keine Gedanken machen – der würde erst nach der Arbeit wieder hier sein. Pflichtbewusst rief Konstantin dann in der Schule an, um Constanze-Finja krank zu melden.

In der Kanzlei ließ er sich von der Sekretärin alle Termine von Sylvia geben. Sie hatte zum Glück keine allzu wichtigen Termine während des Vormittags, so dass er diese übernehmen oder verschieben konnte.

§ §
§ § §

Eine Weile später erwachte auch Sylvia. Sie fühlte sich wie gerädert; Nacken und Rücken schmerzten. Sie sah, dass das Display ihres Handys aufleuchtete. Vorsichtig hob sie den Arm ihrer schlafenden Tochter an, den diese auf ihre Hüfte gelegt hatte, und stand auf. Sie griff nach ihrem Handy: eine neue SMS. Von Carsten. Ein Lächeln erschien unwillkürlich auf ihrem Gesicht. Sie öffnete und las die Nachricht. Immer noch lächelte sie; seine Worte gefielen ihr. Sie antwortete sofort:

Ja, ich bin auch schlaflos. Meine Tochter Constanze-Finja hat vermutlich eine Magen-Darm-Grippe. Ich muss auch die ganze Zeit an dich denken. Sylvia.

Versonnen blickte sie aus dem Fenster, nachdem sie auf „Senden" gedrückt hatte. Noch immer umspielte ein Lächeln ihren Mund. Dann senkte sie den Kopf und ihr Blick fiel wieder auf ihr krankes Kind; seufzend rieb sie sich den Nacken und sie setzte sich wieder neben Constanze-Finja aufs Sofa.

§ §

Seine Gedanken wirbelten wie wild durcheinander. Er hatte die SMS gelesen. Sergio hatte recht gehabt, die Tochter war krank. Aber Sylvia war noch immer heiß am Flirten! Schnell bestätigte er Sergio diese Tatsache.

Die Antwort-SMS seines Auftraggebers kam prompt:

Halt sie weiter bei Laune mit Textnachrichten. Alles klar? Ich habe schließlich auch wichtige Dinge zu tun und außerdem habe ich dir einmal sehr geholfen – vergiss das nicht! Sergio.

Carsten musste seinen Chef besänftigen; daher schrieb er:

Super, natürlich. Alles, was du willst. Wie könnte ich das je vergessen?! Ich stehe tief in deiner Schuld. Bis dann. Carsten.

Carsten erinnerte sich noch einmal – wenn auch ungern – zurück an diese Zeit:

In einer Bar in Berlin-Schwalbensee hatte er zwei Männer kennengelernt. Die beiden hatten ihn zum Glücksspiel verleitet und ihn später auch in die Alkoholsucht getrieben. Vince und Vincent hießen sie angeblich. Seine Spielsucht hätte um ein Haar sein ganzes Leben zerstört. Er stritt immer öfter mit Rebecca und geriet dann an Sergio, der vorgegeben hatte, ihm da raus zu helfen. Er zahlte seine Spielschulden und versprach, Carsten und seiner Familie ein sorgenfreies Leben zu ermöglichen. Seiner Familie ging es fortan zwar gut – aber nun war Carsten verpflichtet, Sergios Wünsche und Forderungen zu erfüllen. Carsten war sein Handlanger, sein Vertrauter, auf Lebenszeit. Im Gegenzug würde Sergio Carsten und seine Familie beschützen. Das war der Deal.

Nach der SMS an Sergio betrieb Carsten wie auch die letzten Tage, mit einigen Pausen, Konversation per SMS mit Sylvia. Sie hatte nicht viel zu tun, da sie die meiste Zeit bei Constanze-Finja am Bett saß, ihr vorlas oder Tee kochte. So hatte sie viel Gelegenheit zu chatten, vor allem, wenn das Mädchen wieder in unruhigen Schlaf versank. Carsten log das Blaue vom Himmel herunter und sie glaubte ihm alles. Jedes Mal, wenn er wieder so böse log und sie ihm glaubte, ohne auch nur einen Ansatz des Hinterfragens zu haben, dann lachte er dreckig in sich hinein. Er liebte und hasste es zugleich, für Sergio zu arbeiten. Aber er tat es, weil es ihm auch ein gewisses Vergnügen bereitete, die „Kunden", die er für Sergio beeinflussen musste, mürbe zu machen. Er würde den Eheleuten alles nehmen und dann untertauchen. In diesem neuen Fall, den er für Sergio bearbeitete, würde er die Frau so lange quälen, bis er sie Nacht für Nacht in ihren Träumen heimsuchen würde...

§ §

Einige Akten und zwei Mandantengespräche später beschloss Konstantin, eine kurze Pause zu machen und nach Sylvia zu schauen. Als er das Zimmer betrat, stellte er fest, dass sie wach war.

Er trat hinter sie und massierte ihren Nacken. „Müde?", fragte er, als sie gähnte. Wirklich fit sah sie nicht aus, obwohl sie länger als er hatte schlafen können; aber erholsam konnte ihr Schlaf kaum gewesen sein.

„Ein wenig", gestand Sylvia. Sie genoss seine zärtlichen Finger in ihrem Nacken. Dann erhoben sie sich und beide verließen das Wohnzimmer, um Constanze-Finja, die immer noch schlief, nicht zu wecken.

In der Küche angekommen, klärte Konstantin seine Frau auf: „Für heute habe ich schon mit der Lehrerin telefoniert und unsere Prinzessin krankgemeldet. Ich würde vorschlagen, wir schauen nachher, wenn sie wach ist, wie es ihr geht, und dann entscheiden wir, ob sie morgen auch noch zu Hause bleibt und wie wir unsere Termine weiter regeln."

Sylvia nickte zustimmend, und er fuhr ihr sanft mit seiner Hand über ihr Gesicht. *Diese Frau gab ihm alles, was er brauchte. Sie verstanden sich blind, und jeder seiner*
Blicke in ihre Augen tat ihm unendlich gut. Sie war sein Rettungsboot, seine Schulter zum Anlehnen und alles, was er brauchte – sie und die gemeinsame Tochter. Konstantin dachte daran, was Freunde früher immer über Sylvia und ihn gesagt hatten, da waren Sätze gefallen, wie: *Ihr seid DAS Traumpaar!" „Ihr seid Konstantin und Sylvia, ihr könnt gemeinsam alles schaffen!",* oder auch: *„Eure Liebe ist besonders!"* und das stimmte. Sylvia und Konstantin gingen gemeinsam immer durch dick und dünn, sie gaben sich gegenseitig Halt und eine Schulter zum Anlehnen.

„Danke, du bist ein Schatz!", Sylvia lehnte sich an ihn, sie wusste, er liebte sie und die Prinzessin sehr, und für die Familie tat er alles. Sie küsste sanft seine Hand, die ihr Gesicht liebkoste. Sie liebte diesen Mann, sie liebte ihn einfach, und ihre Liebe war etwas Besonders, weil sie immer füreinander da waren. Aber sie war auch irritiert darüber, dass der neue Nachbar Carsten in ihr solche Gefühle auslöste.

Konstantin beugte sich herunter und küsste ihre Stirn: „Ich weiß!", grinste er verschmitzt seine Frau an und hob dabei sanft ihr Kinn an.

§ §
§ § §

Am Nachmittag beschlossen Rebecca und Carsten, mit den Kindern einen Fahrradausflug in den Spreewald zu machen, wo sie alle gemeinsam auf einem Hochsitz ein romantisches Picknick mit LED-Kerzen, O-Saft, Trauben-Käse-Spießen und einigen Broten schlemmten und die Atmosphäre genossen. Der Platz war auch für die Kinder ideal, um unten im Grünen zu toben.

Carsten küsste Rebecca, „Ich liebe dich, mein Schatz, das sollten wir viel öfter machen", zärtlich strich er seiner Frau über die Schulter.

„Du hast so Recht, Carsten. Ich liebe dich auch", sie erwiderte den Kuss.

§ §
§ § §

Einige Stunden später, am Abend

Langsam ging der Tag in den Abend über und Constanze-Finja war müde, sie schlief schnell ein. Ihr Körper brauchte die Kraft, um gegen die Krankheit anzukämpfen. Sylvia war heute die ganze Zeit bei ihr geblieben.

Vor Sorge um die Tochter hatte Konstantin Sergios Mail beinahe komplett verdrängt.

Raul war gerade nach Hause gekommen, er hatte auch die vorige Nacht einen Freund besucht und machte sich nun in der Küche sein Essen.

Konstantin und Sylvia wünschten eine gute Nacht und gingen ins Bett. Raul versprach, vor dem Zubettgehen noch einmal nach Constanze-Finja zu sehen, die in ihrem Kinderzimmer schlief.

Da es Constanze-Finja am nächsten Tag zwar besser ging, sie aber nach wie vor über Schmerzen klagte, hatte Konstantin vorsichtshalber für seine Tochter am Vormittag einen Arzt gerufen. Dieser hatte ihr ein Medikament gegen die Bauchschmerzen gegeben. Seiner Meinung nach durfte Constanze-Finja in der kommenden Woche auf jeden Fall wieder zur Schule gehen.

Sylvia konnte zumindest für einige Zeit in die Kanzlei hinuntergehen und arbeiten. Sie hatte sich bei Frau Hinrichs einen Kaffee bestellt und sich die Post, wichtige Neuigkeiten und verpasste Anrufe vom vorigen Tag durchgeben lassen. Konstantin hatte ihr ebenfalls Notizen auf den Schreibtisch gelegt, damit sie auf dem Laufenden blieb, was er mit den Terminen am Vortag besprochen hatte. Nachdem Sylvia sich einen Überblick verschafft hatte, erledigte sie als erstes die Rückrufe bei ihren Klienten. Anschließend sortierte, öffnete und las sie ihre Post.

Doch immer wieder wurde sie von charmanten SMS unterbrochen. Sobald ihr Handy vibrierte, begann ihr Herz schon zu klopfen…

Constanze-Finjas Gesundheitszustand war über die letzten Tage merklich besser geworden und die Familie hatte ein schönes Wochenende verbracht. Sie nahmen sich bewusst immer viel Zeit für die Familie, kochten gemeinsam, spielten Gesellschaftsspiele oder machten Ausflüge.

Das Mädchen war bereits ins Bett gebracht worden, Raul hatte sich auf sein Zimmer zurückgezogen. Sylvia trug einen Pferdeschwanz und einen grauen Hausanzug und Konstantin hatte seinen dunkelblauen Schlafanzug angezogen. Als Konstantin neben seiner Frau im Bett lag, fiel ihm Sergios Mail wieder ein. Die ganze Woche hatte er den Gedanken daran verdrängt – oder es war in den Hintergrund getreten durch Constanze-Finjas Erkrankung. Unwillkürlich legte sich sein Gesicht in Falten. Er hatte Sergio vertröstet, hatte ihm lediglich geantwortet, dass er sich melden würde...

Sylvia blickte ihn prüfend an, dann griff sie nach seiner Hand: „Konstantin, nun komm' schon, was ist los? Wir kennen uns schon ein halbes Leben und irgendetwas stimmt nicht. Das weiß ich. In einer Ehe ist man immer füreinander da, meine Probleme sind deine Probleme und umgekehrt. Das weißt du doch. Das war doch schon immer so. Also, was ist los?" Da war sie wieder, die alte Vertrautheit zwischen ihnen, die sie so liebten und die ihre Liebe einzigartig machte.

„Also gut!", er gab sich geschlagen, „mein alter Feind Sergio Spreen hat sich gemeldet und möchte sich aussprechen. Angeblich hat er sich geändert...und...", Konstantin brach ab.

„Und was?", fragte Sylvia, sie legte ihre Hand auf seine Brust. Irgendetwas stimmte nicht!

„Er möchte sich mit mir treffen!", erklärte er.

„Na, aber das ist doch super, Konstantin. Dann schreibe ihm doch und sage ihm zu. Besser kann es nicht mehr werden. Oder was hast du zu verlieren?", hakte sie zärtlich nach.

„Ja, du hast Recht, Sylvia!", er lächelte und griff erleichtert zu seinem Handy. Dann schlug er Sergio ein Treffen um 21 Uhr am kommenden Tag vor. Dessen Zustimmung kam prompt.

Und dann erzählte er Sylvia endlich ganz ausführlich, was damals zwischen Sergio und ihm vorgefallen war.

Pia – ein fantastisches Mädchen... er war so verliebt gewesen... Doch nicht nur er, sondern auch Sergio... Und dann hatte er eine folgenschwere Entscheidung gefällt, die – wie sich später herausstellte – auf einem Irrtum basierte! Doch geschehen war geschehen – und diese Entscheidung und ihre Folgen hatten alles radikal verändert: Sergio als Menschen und sein komplettes Leben! Sergio hatte damit nicht leben können und Konstantin bittere Rache geschworen!

Sie lächelte und schmiegte sich an ihren Ehemann, ihre Seite lag an seiner: „Ich bin so froh, dass du endlich mit mir geredet hast. Du weißt doch, dass wir keine Geheimnisse voreinander haben wollten! Du kannst mit allem zu mir kommen, immer! Und du wirst sehen, Konstantin: Ab jetzt geht es nur noch bergauf! Ich bin morgen an deiner Seite, bei dem Treffen mit Sergio– und nicht nur morgen – sondern für immer!"

Während Konstantin noch mit seinem Handy beschäftigt war, vibrierte auch Sylvias Mobiltelefon: Carsten verabredete sich mit ihr für den morgigen Mittag um 12:30 Uhr in einem Café. In Sylvia löste das Gefühle der Wärme und Vertrautheit aus. Auch wenn ihr deshalb mulmig zumute war, und sie nicht Recht wusste, wie sie diese Gefühle einordnen und mit ihnen umgehen sollte, schließlich liebte sie Konstantin, so fühlten sich dieses wohlig, warme Kribbeln in ihrem Inneren und die Abenteuerlust des Verbotenen einfach gut an.

Sylvia war an diesem Tag bereits früh wach, allerdings nicht ganz so früh wie am vorangegangenen Tag. Und diesmal war der Grund dafür nicht ihre süße, kleine Tochter, nein, ganz und gar nicht. Sie hatte seltsam geträumt. Carsten war in ihrem Traum aufgetaucht: *Sie hatten zusammen eine Fahrradtour mit anschließendem Picknick im Grünen gemacht... Warum träumte sie so etwas? Sie war glücklich mit Konstantin, er war ihr Leben, ihr Ein und Alles – er und die Familie! Warum also träumte sie dann von diesem Carsten? Sie kannte ihn doch gar nicht richtig! Nur diese kurzen Begegnungen, ein paar SMS... Sie verstand das nicht. Andererseits hatte er mit seinem Charme und seinem warmen Lächeln durchaus imponiert...Verflucht was war nur mit ihren Gefühlen los?* Ihr wurde ein wenig schwindelig. Sie fühlte sich, als würde sie im Bett Karussell fahren – alles drehte sich. Energisch griff sie nach Konstantins Hand. Dieser lag auf der Seite im Bett, und als er ihre Hand spürte, erschrak er, wachte auf und drehte sich verschlafen zu ihr um. Er tastete nach dem Schalter der Nachttischlampe und betätigte diesen. Sein sorgenvoller Blick fiel direkt auf seine Frau, während er sich aufsetzte. Er spürte, dass sie ein wenig zitterte. Sanft strich er mit seiner Hand immer wieder über ihre Schulter, den anderen Arm legte er um ihren Rücken.

„Was ist denn los?", fragte er mit einem besorgten Tonfall in der Stimme.

Sylvia atmete ein und wieder aus und hielt dabei die Hand ihres Mannes ganz fest.

„Alles in Ordnung", wollte sie ihm versichern, doch er kannte sie besser als jeder andere auf der Welt – genau wie auch sie ihren Mann besser als jeder andere Mensch dieser Erde kannte. Und sie wusste es, sie wusste es ganz genau: Er glaubte ihr kein Wort – nicht eines! Sein skeptischer und zugleich besorgter Blick traf ihren.

„Bist du sicher?", hakte er zärtlich nach. Seine Stimme brach und er räusperte sich, da er ein Kratzen in seinem Hals verspürte.

Trotzdem antwortete sie: „Ja, ganz sicher."

Da klopfte es plötzlich an der Schlafzimmertür.

„Herein", krächzte Konstantin.

Die Tür ging auf und Raul trat ein.

„Guten Morgen, Raul", grüßten beide ihn beinahe gleichzeitig.

Konstantin stieg aus dem Bett und ging barfuß zu der kleinen Kommode aus hellem Holz, die am anderen Ende des Schlafzimmers stand. Darauf standen auf einem silbernen Tablett zwei Gläser neben einer Kristallglaskaraffe, die mit Wasser gefüllt war. Konstantin goss sich Wasser in eines der beiden Gläser, trank einen

Schluck und räusperte sich, um das Kratzen im Hals loszuwerden.

„Wie geht es unserer Prinzessin?", fragte Sylvia währenddessen.

Raul erwiderte den Morgengruß und beantwortete Sylvias Frage: „Der geht es definitiv wieder gut. Sie hat mich geweckt – putzmunter! Heute ist wieder Schule angesagt!", verkündete Raul, „ich gehe dann mal in die Küche, bis gleich."

Sylvia verschwand im Badezimmer, um sich frisch zu machen und ihr lindgrünes Kostüm anzuziehen, anschließend ging sie ins Schlafzimmer, wo Konstantin bereits im Anzug stand.

„Ich gehe mal nach ihr schauen", mit diesen Worten entfernte sich Sylvia und ging ins Kinderzimmer, während Konstantin zu Raul in die Küche ging.

§ §
§ § §

Raul spürte, dass etwas in der Luft lag. In diesem Moment wandte sich Konstantin an seinen Sohn: „Wollen wir nicht vielleicht… einen Espresso zusammen trinken?"

„Ja, wieso nicht. Aber sag mal, was ist eigentlich los?", fragte Raul sogleich.

„Setz' dich doch", sagte Konstantin, während er sich noch um die Zubereitung der heißen Getränke im Vollautomaten kümmerte. Raul nahm auf einem der weißen Hocker mit silbernem Rahmen Platz, die an dem grauen Tresen standen. Nachdem die Getränke servierfertig waren, stellte Konstantin sie vor seinem Sohn auf die Tresen-Platte und setzte sich ihm gegenüber.

Konstantin nippte an seinem Espresso. Er ließ seinen Blick durch das Townhouse schweifen. *Das alles hier hatte er sich über die Jahre aufgebaut und mit seiner Frau die Kanzlei zu dem gemacht, was sie war. Beide hatten ihren Teil dazu beigetragen, nahezu ihre ganze Leidenschaft und ihr Herzblut steckten in dieser Kanzlei. Er konnte stolz auf sich sein – nein, sie beide konnten stolz sein – Sylvia und er. Er würde sich nichts von Sergio kaputt machen lassen – weder seine Karriere, noch seine Familie. Um seine Familie zu schützen, würde er alles tun. Er würde kämpfen bis auf's Blut.*

„Na los, jetzt erzähl' schon!", forderte Raul seinen Vater auf. Er spürte, dass die innere Anspannung riesig war. *Was belastete seinen Vater nur derart?*

„Na also schön. Es war lange vor Sylvias Zeit. Es hatte auch nichts mit deiner Mutter zu tun. Damals liebte ich eine Frau...", Konstantin erzählte Raul, wie Sergio zu seinem Feind geworden war, wie gefährlich der Mann war und dass dieser sich jetzt aussprechen wolle.

„Mach das, Dad. Das ist die Gelegenheit, dich mit diesem Sergio ein für alle Mal zu versöhnen!", war Raul überzeugt.

„Wir haben uns für heute Abend um 21 Uhr hier bei uns verabredet. Es würde mich wirklich freuen, wenn du dabei wärst. Auf Sylvias Unterstützung kann ich mich so oder so verlassen, das weiß ich. Aber wirst auch du dabei sein?", erkundigte sich Konstantin.

„Wenn es dir so wichtig ist, dann werde ich natürlich da sein, Dad."

„Danke, mein Sohn. Es bedeutet mir sehr viel, dass du dabei bist. Sergio muss wissen, dass wir als Familie immer zusammenhalten – uns kriegt er nicht klein", war Konstantin voll und ganz überzeugt. Innerlich fühlte er sich erleichtert und ruhiger.

„Und was ist mit Constanze-Finja? Soll sie auch dabei sein? Es ist dann längst Bettzeit für sie – und du solltest den Kopf frei haben bei einem solch wichtigen Gespräch", hakte Raul nun nach.

Konstantin überlegte: „Ich könnte Götz bitten, auf sie aufzupassen. Unsere Töchter sind ohnehin die besten Freundinnen."

„Gute Idee", Raul war sofort dabei.

Nun kam auch Sylvia mit Constanze-Finja an der Hand in die Küche. Sie hatte ihrer Tochter bereits beim Anziehen geholfen. Constanze-Finja trug rosafarbene Sandalen, ein rosafarbenes Kleid mit roten Tupfen und darüber eine blaue Jeansjacke. Das blonde Haar trug sie offen.

Konstantin ging vor seiner Tochter in die Hocke: „Prinzessin, was hältst du davon, wenn du heute Abend bei Lina schläfst?", schlug er lächelnd vor.

„Oh ja! Das wird super!", freute sie sich und umarmte ihren Vater.

Auch Sylvia fand die Idee, dass Constanze-Finja heute bei Lina übernachten würde, großartig. So konnte sie sich heute ganz auf ihr Treffen mit Carsten – und später auf das Zusammentreffen mit Sergio – konzentrieren.

§ §

Nach dem Frühstück fuhr Konstantin seine Tochter zur Schule. Wie es der Zufall so wollte, kamen Konstantin und Götz gleichzeitig vor dem Schultor an, um ihre Töchter abzuliefern.

Lina und Constanze-Finja umarmten sich sofort voller Freude und besprachen wichtig die neusten Neuigkeiten. Immerhin war Constanze-Finja gestern nicht in der Schule gewesen – ein Tag konnte wie eine halbe Ewigkeit sein!

Konstantin stieg aus, schloss die Autotür und ging zu Götz' Auto hinüber; auch dieser stieg aus.

„Und, wie geht es dir, Götz? Schön, dich zu sehen", stellte Konstantin fest und umarmte ihn kurz.

„Gut! Es geht mir sehr gut. Ausgezeichnet!"

„Und wie geht es Gabriella?", fragte Konstantin.

„Momentan nicht so gut", musste Götz dann mit Bedauern zugeben, „ihr Herz macht wieder etwas mehr Probleme und sie braucht öfter ihr Spray."

„Oh, dass tut mir sehr leid...", Konstantin hielt einen Moment inne.

„Aber das macht doch nichts. Man gewöhnt sich daran", lenkte Götz ab, „und bei euch? Wie geht es Sylvia und dir? Ihr seid noch immer so ein schönes Paar!", Götz war ganz begeistert.

Konstantin lachte: „Ja, unsere Liebe, die wird niemals enden!", war er überzeugt, die Stärke und der Halt, den er und Sylvia sich gegenseitig, meist sogar „aber du weißt ja, als Anwalt hat man eben auch Feinde", kam er deshalb gleich zur Sache, „deshalb wollte ich dich, besser gesagt euch, um etwas bitten: Wäre es möglich, dass Constanze-Finja heute bei euch übernachtet? Wir haben nämlich ein wichtiges Meeting... Also natürlich nur, wenn es Gabriella nicht zu viel wird mit ihrem schwachen Herzen."

„Nein, nein, ganz und gar nicht. Wir freuen uns immer, wenn Besuch zu uns kommt. Weißt du, unsere Söhne sind ja schon aus dem Haus, da ist es manchmal ganz schön still – trotz Lina", versicherte Götz ihm, dass der Besuch keine Umstände machen würde.

„Ok, ja, ich verstehe. Super, danke!", Konstantin war deutlich erleichtert. Götz schlug vor, Constanze-Finja gleich nach der Schule mitzunehmen, was die Mädchen gleich mit Indianergeheul begrüßten. Konstantin war einverstanden, dann schlug er sich an die Stirn: „So ein Mist! Ich habe doch gar keine Zahnputz-Sachen und Wäsche für morgen dabei."

„Kein Problem. Wir haben alles da…"

„Wir bringen Constanze-Finja dann morgen gleich mit in die Schule! Sie haben ja ohnehin dieselben Fächer wie heute. Von daher hat sie ja alles", sagte Götz.

„Na dann, bis morgen, ich hole dich dann von der Schule wieder ab, Prinzessin", Konstantin drückte seine Tochter an sich.

Auch Götz verabschiedete sich von Lina. Die beiden Mädchen nahmen sich an den Händen und gingen ins Schulgebäude; Konstantin und Götz stiegen wieder in ihre Wagen.

§ §
§ § §

Während Konstantin die gemeinsame Tochter zur Schule gebracht hatte, hatte Sylvia zunächst die Wohnung auf Vordermann gebracht. Danach war sie nach unten in die Kanzlei gegangen,

Da trat Konstantin ein.

Sie blickte von ihrem Poststapel auf: „Wo warst du denn so lange?", fragte sie etwas irritiert.

„Wir haben vor der Schule zufällig noch Götz und Lina getroffen. Ich habe die Gelegenheit beim Schopf ergriffen und ihn gefragt, ob Constanze-Finja bei ihnen schlafen kann. Das ist für ihn absolut in Ordnung. Er nimmt sie dann morgen auch wieder mit zur Schule."

„Das ist doch super, wenn das mit dem Übernachten klappt. Dann ist unsere Prinzessin aus der Schusslinie. Aber irgendwie habe ich trotzdem ein schlechtes Gewissen, weil wir in der letzten Zeit so wenig mit Götz und Gabriella unternommen haben. Und jetzt benutzen wir sie bloß als Babysitter", Sylvia legte den Kopf schief. Sie schien nachdenklich.

„Naja... Auch von Gabriella hat er erzählt. Ihr Herz macht wohl wieder sehr Probleme momentan...", berichtete Konstantin, „aber du hast Recht. Wir müssen uns dringend einmal wieder verabreden."

„Apropos Verabreden. Ich habe jetzt noch zwei Außentermine mit Mandanten, und danach treffe ich mich mit unserem neuen Nachbarn Carsten in einem Café zum Mittagessen."

Sie sah sofort, dass es ihn irgendwie traf – und vielleicht sogar verletzte. Deshalb legte sie ihm ihre Hand auf die Schulter.

„Hey, kein Grund zur Sorge. Wir gehen lediglich Kaffee trinken", wollte sie Konstantin besänftigen.

Konstantin lag etwas auf der Zunge. *Es war absurd, absurd, einfach nur völlig absurd und vielleicht wurde*

er ja langsam sogar paranoid, ja, er wurde paranoid.
Aber er konnte nicht anders, er musste es aussprechen.

„Sylvia, findest du es nicht merkwürdig, dass dieser neue Nachbar ausgerechnet jetzt auftaucht...", begann Konstantin plötzlich.

Doch Sylvia ließ ihn nicht ausreden: „Was meinst du damit?", unterbrach sie ihn schärfer, als sie es beabsichtig hatte, „dass Carsten auch für die Mafia arbeitet... vielleicht ist er ja in Wirklichkeit verheiratet und hat Kinder! Wahrscheinlich wohnt er nur zum Schein hier nebenan und hat in Wahrheit eine Wohnung mit seiner Großfamilie im nächsten Stadtteil von Berlin! Tztztz... Du bist wirklich krank, krank und paranoid, Konstantin!"

Er spürte es – Sylvia war fassungslos, er sah es in ihren Augen. Gerade war irgendetwas zwischen ihnen zerbrochen. Ehe er etwas zu seiner Verteidigung entgegensetzen konnte, machte sich Sylvia wortlos auf den Weg zu ihren Außenterminen.

Konstantin hastete hinter ihr her und erwischte sie an ihrem Auto. Er fasste ihren Arm an: „Es tut mir leid, ich wollte dich nicht kränken und ich wollte auch nicht über den neuen Nachbarn urteilen... ich kenne ihn doch gar nicht... ich...", Konstantin schien nach den richtigen Worten zu suchen, doch da entgegnete sie aufbrausend: „Du kannst mich nicht kränken, Konstantin!"

Er sah ihr tief in die Augen. „Kommst du heute Abend?", wollte er leise, fast bittend wissen.

Fassungslos starrte sie ihn an: „Ist das deine einzige Sorge, dass ich zu deinem Gespräch mit Sergio erscheine?!", ihre Stimme klang bitter.

„Nein, natürlich nicht! Wirst du denn dabei sein?!"

Sylvia ließ ihn ohne Antwort stehen, stieg ins Auto und startete den Motor. Sie nahm einige, tiefe Atemzüge, um sich zu beruhigen, ehe sie losfuhr. Nach einer Viertelstunde war sie vor dem Haus des Mandanten angekommen. Sie fuhr an den Bordsteinrand und stellte den Motor ab. Da sie noch etwas Zeit hatte, blieb sie im Auto sitzen, holte ihr Handy aus der Hosentasche und wählte Carstens Nummer.

§ §

Carsten war an diesem Morgen ganz spät, gegen 3:00 Uhr erst, zu seiner Dienstwohnung gefahren. Er hatte die Tage zuhause unglaublich genossen und es fiel ihm so schwer zu gehen. Er hatte seiner Frau zwei Küsse gegeben, war in die Kinderzimmer geschlichen und hatte auch seinen Kindern jeweils einen Kuss auf die Wange gedrückt, dann war er auf Zehenspitzen verschwunden. Abends noch hatte er versprochen, sich zu melden, aber er würde im neuen Job und bei seiner Cousine Thekla gebraucht, hatte er ihnen erzählt. Rebecca glaubte und vertraute ihm bedingungslos.

Das Treffen mit Sergio am Morgen gegen 08:00 Uhr war sehr erfreulich gewesen. Sie waren nochmals ihren Plan durchgegangen und Sergio hatte ihn gebeten, über die neusten Details sofort informiert zu werden. Natürlich würde Carsten das tun.

Als sein Handy klingelte, saß Carsten gerade auf dem weißen Ledersofa im Wohnzimmer und trank Limonade. Nach einem Blick auf das Display war er hocherfreut und nahm das Gespräch entgegen: „Sylvia, meine Schöne. Was ist los?"

„Wir hatten uns ja heute Mittag verabredet um 12:30 Uhr, aber ich musste einfach deine Stimme hören", Sylvia unterdrückte die Tränen.

„Was ist denn los? Stimmt etwas nicht?", fragte er sanft.

„Das erzähle ich dir später…"

„Ich bin gespannt", erwiderte er.

„Bis dann."

„Ja, bis dann", er legte auf und simste sofort an Sergio:

Sergio, sie hat mich eben angerufen. Den Tränen nahe. Ob es wohl schon einen Ehekrach gibt?

Die Antwort Sergios ließ nicht lange auf sich warten:

Sehr gut. Das wirst du herausfinden.

Und Carsten bestätigte dies:

Oh ja, das werde ich. Verlasse dich drauf, Sergio.

Konstantin hatte etliche Akten durchgearbeitet und zuvor noch Mandantengespräche geführt. Ein Blick auf die Uhr zeigte ihm, dass es bereits halb zwölf war. Er dachte an Sylvia. *Wo war sie bloß? Wie hatten sie heute Morgen beide nur so furchtbar streiten können?* Er fand einfach keine Antwort auf diese Frage. Gerade wollte er eine Runde frische Luft schnappen, den Kopf frei bekommen und spazieren gehen, als Sylvia plötzlich die Kanzlei betrat.

„Wo warst du so lange?", fragte er mit rauer Stimme.

„Ich hatte Mandantengespräche und jetzt muss ich Akten sortieren und so weiter", entgegnete sie.

Er nickte. „Ich muss mich auch um meinen Papierwust kümmern. Hast du Hunger? Soll ich uns etwas zu Essen kommen lassen – chinesisch vielleicht?", fragte er, und Sylvia spürte, dass er sich versöhnen wollte.

Doch sie antwortete, „Nein, ich bin zum Essen verabredet. Hast du das vergessen?", und begann, sich an ihrem Schreibtisch zu schaffen zu machen.

Carsten hatte ein hübsches, kleines Café mit schicker Dachterrasse für das Treffen mit Sylvia ausgewählt. Er stand vor einer grauen Lounge-Ecke aus Korb und erwartete sie bereits lächelnd. Sogar einen Strauß orangefarbene Rosen hatte er ihr mitgebracht. Er empfing sie mit zwei Wangenküssen.

„Hallo, schön dich zu sehen", sagte er und sie setzten sich.

„Mich freut es auch sehr, dich zu sehen. Wollen wir in die Karte schauen? Danke für die Blumen", freute sie sich.

„Sehr gerne. Du siehst bezaubernd aus. Hast du Lust auf Champagner?"

„Eigentlich ja, schon… Aber ich muss noch arbeiten später…Obwohl, ein Glas wird schon nicht so schlimm sein. Danke!", erwiderte sie, und er bestellte zwei Gläser Champagner. Beide wählten die Kürbiscremesuppe zum Essen.

Nach dem Essen stießen sie an.

„Auf einen wunderbaren Tag!", Carsten sah ihr tief in die Augen, sie prosteten einander zu und tranken kräftige Schlucke.

In der halben Stunde, die sie zusammen aßen, hatten sie viel gelacht und geredet. Sylvia fiel auf, dass Carsten wenig über sich preisgab. Doch das störte sie nicht.

Carsten berührte sanft Sylvias Arm, ihre Hand und ihre Finger. Dann begann er mitfühlend, mit zarter Stimme zu fragen: „Du wolltest mir noch etwas erzählen…"

„Ach ja, stimmt. Ich bin ja verheiratet, mit Konstantin. Aber wir haben uns heute sehr gestritten. Er hat um 21:00 Uhr ein wichtiges Gespräch, könnte ich danach eventuell bei dir übernachten?", bat sie.

„Natürlich", erwiderte er und nahm sie in den Arm. Dann küssten sie sich auf den Mund, und gegen 13:00 Uhr verabschiedete sich Sylvia guten Mutes, weil sie zurück in die Kanzlei musste. Carsten war ihr Zufluchtsort, das Gefühl, wenn sie mit ihm zusammen war, war einfach wow!

Dort angekommen, herrschte zwischen ihr und Konstantin Schweigen. Sie bearbeiteten schweigend Akten. Erst zu Hause, als sie alles für Sergios Eintreffen vorbereiteten, Champagner, Cognac, Whisky, Zigarren und Fingerfood hinstellten und Konstantin sich umzog, wobei er Sylvia bat, ihm die Krawatte zu binden, schien die Stimmung zwischen den Eheleuten wieder etwas aufzutauen. Auch Raul hatte sich schick gemacht.

21:00 Uhr

Sergio war auf die Minute pünktlich um 21 Uhr bei Konstantin eingetroffen, und alle hatten sich extra hübsch gemacht.

Er begrüßte die Anwesenden per Handschlag, Sylvia sogar mit Handkuss und Verbeugung. Zum Empfang gab es einige belegte Brote. Sergio trank einen Cognac und rauchte eine Zigarre. Sie plauderten völlig unverfänglich, aber der Smalltalk konnte nicht über die gespannte Atmosphäre hinwegtäuschen.

Nach dem Essen räusperte sich Sergio und trat auf Konstantin zu: „Konstantin, bitte, verzeih mir, dass ich mich an dir rächen wollte wegen Pia. Ihr Tod war tragisch. Aber meine Rache bringt nichts, es bringt sie mir nicht wieder. Also lass' uns nach vorne blicken und Frieden schließen!"

Sergio bot ihm die Hand und lächelte, wie es schien, voll Ehrlichkeit. Sylvia bemerkte das kurze Zögern ihres Mannes; er warf ihr hilfesuchend einen Blick zu und sie nickte; auch Raul tat dies.

So ergriff Konstantin Sergios Hand: „Frieden!"

Er konnte noch nicht wirklich realisieren, dass es jetzt vorbei sein sollte mit der Feindschaft zwischen Sergio und ihm. Sie redeten noch ein Weilchen über alles Mögliche, und gegen halb elf verließ Sergio das Haus.

§ §
§ § §

Sergio zog seine Jacke um die Schultern. Ein verschlagenes Grinsen umspielte seine Lippen. Als er um die Ecke war, blieb er stehen und zückte sein Handy, um Carsten zu schreiben, dass alles nach Plan geklappt habe, wie sehr er sich freue und dass sie sich gegen Mittag treffen würden.

Carsten beglückwünschte ihn und stimmte dem Treffen zu.

§ §
§ § §

Konstantin atmete erleichtert aus und trat ans Fenster; er öffnete es und füllte seine Lungen mit der frischen, kühlen Nachtluft.

Hinter seinem Rücken tippte Sylvia etwas in ihr Handy. Dann stand sie auf.

Raul war die ganze Zeit über eher schweigsam gewesen, da er wenig über die ganzen Zusammenhänge wusste, aber seinem Vater war, wie er betont hatte, seine Anwesenheit bei dem Gespräch sehr wichtig gewesen. Um sich nicht völlig überflüssig zu fühlen, machte er sich nützlich und räumte schweigend die Gläser auf ein Tablett. Er wartete den passenden Moment ab, um seinem Vater zum erfolgreichen Verlauf der Aussprache zu gratulieren. Konstantin schaltete das Radio ein, wo gerade das Lied *Say You Won't Let Go* von *James Arthur* zu spielen begann. Er drehte sich zu Sylvia um und blickte seine Frau verwundert an, als diese Richtung Flur ging und ihre Jacke ergriff.

„Wo willst du hin?", fragte Konstantin entsetzt.

„Weg", erwiderte sie und trat hinaus in die dunkle Nacht, ohne sich noch einmal umzudrehen. Das Lied passte perfekt zur Situation, fand Konstantin jetzt.

§ §
§ § §

Sylvia machte sich auf den Weg zu Carstens Wohnung; er empfing sie zärtlich.

„Hey", sagte er.

„Halt' mich einfach nur fest", erwiderte sie und er tat, wie ihm geheißen. Dann küsste er sie, und sie ließ es geschehen. Schließlich hatten sie leidenschaftlichen und zugleich romantischen Sex.

§ §

Konstantin saß mit einem dumpfen Gefühl im Magen zu Hause und trank Cognac. Die anfängliche Euphorie über die Versöhnung mit Sergio war einer unendlichen Leere nach dem Fortgang Sylvias gewichen.

Er hatte das Gefühl, Sylvia fremd geworden zu sein. Wo war diese Vertrautheit, die alte Nähe und Geborgenheit? Das Verstehen ohne Worte? Wo war das alles hin? Hatte er seine Frau, seine Sylvia, etwa für immer verloren? Irgendetwas war zerbrochen zwischen ihnen, auch er hatte es gespürt.

Er hatte wohl ein wenig zu viel Cognac getrunken gestern, sein Kopf schmerzte. Zudem hatte er auch noch mit Bestürzen festgestellt, dass Sylvia die ganze Nacht nicht nach Hause – nicht zu ihm – gekommen war. War sie etwa ernsthaft die ganze Nacht weg gewesen? Offensichtlich! Vielleicht war sie bei Sonja oder aber bei einer Freundin gewesen. Eine andere Erklärung sah er nicht! Seine Kopfschmerzen verschlimmerten sich und am liebsten wäre er einfach im Bett geblieben. Aber er raffte sich auf zum Arbeiten. Ohne seine Arbeit würde er wahnsinnig werden! Er stand auf, zog sich an und machte sich frisch. Auf leeren Magen nahm er eine Kopfschmerztablette und danach trank er einen doppelten Espresso. Etwas Essbares brachte er nicht hinunter. Da trat Raul zu ihm.

„Guten Morgen, Dad!", begrüßte der ihn irritiert, „gibt es kein Frühstück?"

„Nein! Oder siehst du welches?", Konstantin klang genervt.

Raul sah seinen Vater an: „Was ist los? Wo ist Sylvia?"

Konstantin zögerte kurz, dann meinte er: „Sie ist weg. Sie war die ganze Nacht nicht zu Hause... Weißt du, Raul, wir haben uns gestern Morgen furchtbar gestritten. Ich glaube, eigentlich war der Anlass harmlos, aber nach diesem Streit zwischen Sylvia und mir... Ich weiß einfach nicht, was in diesem Moment mit uns passiert ist, nur dass irgendetwas zwischen uns zerbrochen ist, das weiß ich!"

„Ach, Dad. In jeder Ehe gibt es einmal Streit. Aber das renkt sich schon alles wieder ein", war Raul überzeugt, „und ich meine, ihr seid doch Sylvia und Konstantin, also was hast du zu verlieren? Ich meine, ihr werdet doch seit jeher von Freunden und Geschäftspartnern bewundert, eure Liebe ist etwas ganz Besonderes!"

Konstantin war zögerlich. „Wir haben uns noch nie so heftig gestritten, und sie war auch noch nie eine ganze Nacht weg. Hoffentlich hast du Recht!"

„Ganz sicher, Dad", sein Sohn strich ihm über den Arm.

Nun begann Raul, Eier zu kochen, Brötchen aufzubacken und den Tisch zu decken, sowie weitere Lebensmittel für das Frühstück auf den Tisch zu stellen. Konstantin nickte leicht, doch er schien noch immer wenig überzeugt davon, dass zwischen Sylvia und ihm wieder alles genauso wie früher werden würde. Er hoffte, sie würde zur Arbeit kommen – Sylvia und er könnten dort noch einmal in Ruhe über den Streit sprechen…

Verdammt, was war nur los mit ihnen? Was war aus ihrer Liebe geworden? Konstantin verstand das einfach nicht. *Steckte etwa doch dieser neue Nachbar dahinter? Dieser – wie hieß er noch – Carsten??? Irgendwie war er doch gleich misstrauisch gewesen, von Anfang an, als es um diesen Carsten ging. Und normalerweise konnte Konstantin sich gut auf sein Bauchgefühl verlassen.*

Er presste die Finger an die Schläfen und fasste einen Plan. Er würde Nachforschungen anstellen zu gegebener Zeit, denn Sylvia würde er nicht aufgeben – nicht kampflos! Für seine Familie tat er alles! Jetzt hatte er ein Ziel; einen Grund zu kämpfen, und das würde er auch tun. Aber dazu musste er stark sein, Kräfte sammeln. Er blickte auf und beobachtete seinen Sohn mit zusammengekniffenen Augen. Ohne Frühstück, in diesem jämmerlichen Zustand, würde er nichts zuwege bringen. Also beschloss er, bevor er mit seinen Nachforschungen begann, mit Raul zu frühstücken. Danach würde er bei Götz und Gabriella anrufen und sich nach seiner Tochter erkundigen und dann würde er loslegen. Genauso würde er es machen!

Er straffte die Schultern und begann zu lächeln, um sich selbst Mut zu machen. Nach einem ausgiebigen Frühstück mit dem Sohnemann rief Konstantin dann bei Götz an, und dieser ging ans Telefon. Er war erfreut, Konstantin zu hören.

„Ich wollte mich erkundigen, wie es den Mädchen so geht?", fragte Konstantin harmlos.

„Wunderbar. Sie haben gestern schön gespielt und sogar ein bisschen gelernt. Es ist alles in Ordnung. Wir frühstücken gleich. Wie besprochen, nehmen wir sie dann beide mit zur Schule", erklärte Götz.

„Das ist super! Vielen lieben Dank!", bedankte sich Konstantin.

„Nicht dafür."

„Was macht das Herz deiner Frau?"

„Gabriella geht es wieder etwas besser. Aber das wechselt eben immer."

„Verstehe. Wenn ihr einmal irgendwie Hilfe braucht, dann lasst es mich wissen, ich werde mich erkenntlich zeigen!", versicherte Konstantin.

Götz fiel auf, dass Konstantin lediglich über sich sprach. Er zögerte, doch dann fragte er: „Alles in Ordnung? Ist euer Gespräch gestern erfolgreich verlaufen? Und ist sonst alles gut mit euch – mit Sylvia und dir?"

Konstantin rang mit sich und seufzte: „Wenn ich das wüsste, Götz. Wir haben uns noch nie so heftig gestritten wie gestern...Das Treffen, das ich gestern mit meinem langjährigen Feind hatte, ist friedlich verlaufen und wir haben uns sogar endlich wieder versöhnt."

„Aber das... Also, ich meine, das bekommt ihr doch wieder hin. Jetzt einmal ehrlich, Konstantin, ihr beiden seid doch diejenigen, die von allen Freunden für ihre Stärke und Liebe bewundert werden! Ihr seid Konstantin und Sylvia – wenn einer jede Krise übersteht, dann seid das ihr beiden – ganz gewiss!", war Götz sich sicher.

„Hoffentlich. Kann ich noch kurz mit meiner Prinzessin telefonieren?"

„Sicher!", meinte Götz, doch ehe er das Telefon weiterreichte, schlug er Konstantin vor: „Vielleicht können wir uns am Sonntag mal wieder alle gemeinsam bei uns treffen?!"

„Gute Idee, ich bespreche das mit Sylvia und dann schließen wir uns kurz", Konstantin mochte nicht zugeben, dass Sylvia gar nicht zuhause war.

„Super, Konstantin. So machen wir das", Götz reichte das Telefon weiter, „Constanze-Finja, dein Papa ist dran!"

Da tönte auch schon die freudige Stimme seiner Tochter an Konstantins Ohr: „Hallo Papa!"

„Hallo Prinzessin, na, war es schön? Was habt ihr denn so gemacht?", fragte er neugierig.

„Wir haben ganz viel gelernt und gespielt. Gestern am frühen Abend habe ich mir – von meinem Taschengeld natürlich – neue Reitkleidung gekauft, die ist voll cool. Das war dringend nötig, aber sowas von, Papa. Dann sind wir eine Stunde auf einem Reiterhof geritten, und dann haben wir noch Brettspiele gespielt – es war so toll!", war die Kleine hellauf begeistert.

„Es freut mich, dass du so viel Spaß hattest. Ich hole dich dann von der Schule ab, einverstanden?"

„Super! Gibst du mir die Mama noch?"

„Die Mama ist schon voll und ganz bei der Arbeit", log Konstantin mit einem Würgen im Hals, „ich sage ihr liebe Grüße von dir, und wir holen dich gemeinsam von der Schule ab", versprach er, obgleich ihm etwas unwohl zumute war. Hoffentlich würde sich dieser Streit beheben lassen – denn wie sollte er seiner Tochter, wenn diese am Schultor stünde, erklären, dass Mama nicht da war? Er versuchte, diesen Gedanken vorerst beiseite zu schieben.

„Bis dann, Papa", sagte seine Tochter in diesem Moment.

„Bis dann", Konstantin legte auf und ging nach unten in die Kanzlei. Auch Raul musste los.

§ §

Sylvia erwachte erst gegen 10:30 Uhr. Sie blinzelte und blickte sich in dem Zimmer um, dessen Wänden weiß gestrichen waren. Durch die großen, bodentiefen Fenster fiel noch immer enorm viel Licht in den Raum, obwohl bodenlange weiße Vorhänge vor den Fenstern hingen.

Ihr Körper war in eine weiße Mikrofaserbettdecke gehüllt, deren Stoff sich sanft an die Haut schmiegte. Ihre braunen Haare lagen auf einem weißen Mikrofaserkopfkissen. Vorsichtig setzte sie sich auf. An einer Wand des Raumes stand eine Kommode aus dunklem Holz, auf der sich ein silbernes Tablett mit zwei Mineralwasserflaschen und zwei Gläsern befand. Durch die weißen Wände wirkte der Raum zunächst steril, aber einige Bilder und die dunklen Möbel verliehen ihm Pepp. Da trat Carsten mit feuchten Haaren und nur ein Handtuch um seine Hüften geschlungen aus dem Badezimmer.

„Guten Morgen, meine Schöne", säuselte er, stieg zu ihr ins Bett, kniete sich vor sie und küsste sie. Sie liebte den Anblick seines halbnackten, starken und männlichen Körpers. Sylvia erwiderte seinen Kuss voll Zärtlichkeit und Liebe. Doch dann hielt sie verwirrt inne, brach den Kuss ab und atmete aus.

„Was ist los?", fragte Carsten mit seiner sanften und zärtlichen Stimme.

Sylvia war heiß, Carstens warmer Atem auf ihrer Haut verursachte ihr ein Schwindelgefühl.

„Ich... ich weiß nicht...", beantwortete sie seine Frage stammelnd.

„Geht dir das zu schnell mit uns?", fragte er zärtlich und einfühlsam zugleich, während er mit seinen Fingern über ihren Oberarm strich.

Alleine die Worte „mit uns" verursachten ihr ein Erstickungsgefühl. *Dieses wohlig warme Kribbeln umspielte Sylvia wieder, die Lust aufs Abenteuer mit Carsten, das war durchaus reizvoll! Aber gleichzeitig hatte sie auch Angst den sicheren familiären Hafen komplett aufzugeben.*

„Ein wenig", nickte sie.

„Ich will dich nicht drängen. Lass' dir alle Zeit der Welt."

„Danke. Kann ich kurz hier duschen?"

Carsten sah sie erstaunt an: „Ich dachte, wir frühstücken noch gemeinsam?"

„Sei mir bitte nicht böse... Aber ich muss los – und – ich muss nachdenken", erklärte Sylvia.

„Worüber? Über uns?", wollte er wissen.

„Über so einiges – auch über meine Ehe mit Konstantin und über unsere Tochter Constanze-Finja... und... über uns...", zählte sie auf, „also kann ich nun kurz hier duschen?", wiederholte sie ihre Frage, und er nickte.

Was für ein Rückschritt. Was für ein verdammter Rückschritt!, dachte er, aber nicht drängen, dräng sie bloß nicht. Bleib ruhig, bleib ganz ruhig. Sergio wird dir schon nicht den Kopf abreißen... oder den Finger abhacken... und deiner Familie wird er auch nichts tun. So etwas braucht eben Zeit.

Carsten wusste, dass Sergio schon so manchen Menschen, die seinen Befehlen nicht folgten, das Leben zur Hölle gemacht, ihr Leben und ihre Familien zerstört hatte. Wer für Sergio arbeitete, hatte kein leichtes Los. Carsten würde mit ihm sprechen, um sein Verständnis werben – das war seine einzige Chance. Denn wer für Sergio Spreen arbeitete, verlor früher oder später alles – als erstes sein Gewissen und seine Skrupel, schließlich dann einen Teil seiner Moral und Menschlichkeit.

„Carsten, ist alles ok?", fragte Sylvia in diesem Moment. Sie beobachtete aufmerksam sein wechselndes Minenspiel und Carsten verfluchte sich innerlich, dass er sich für einen winzigen Moment nicht unter Kontrolle gehabt hatte.

„Ja, sicher…", er schüttelte unwillkürlich den Kopf, als wolle er einen schlechten Gedanken vertreiben, und griff nach seinem Handy. Er gab vor, als würde es vibrieren: „Entschuldige, da muss ich rangehen!"

Er stand auf und hielt mit der einen Hand das Handy, mit der anderen das Handtuch; dann entfernte er sich zum Telefonieren, und Sylvia ging duschen.

Als sie die Badezimmertür hinter sich geschlossen hatte, rief er Sergio an und erklärte ihm flüsternd: „Sie hat die Nacht bei mir verbracht. Aber heute Morgen ist sie komisch. Es scheint aus dem Ruder zu laufen. Sie ist im Bad. Alles weitere später."

„Gut – oder nicht gut, aber ok. Wir werden sehen, was wir tun können, und gegenhalten, aber die genaue Vorgehensweise und so weiter besprechen wir später!", drang Sergios Stimme an sein Ohr.

„Alles klar – dann bis später. Ach, Sergio?"

„Ja?"

„Das ist doch kein Grund für dich…oder? Also, ich meine, nur weil es einmal nicht gut läuft…", er brach ab und schien nach den richtigen Worten zu suchen.

„Nein, ich tue deiner Frau Rebecca und deinen Kindern nichts, keine Sorge!", versicherte Sergio, „es sei denn, ich finde heraus, dass du mich linken willst."

„Sei meinetwegen unbesorgt. Ich stehe zu 100 Prozent hinter dir. Du kannst dich stets auf mich verlassen! Ich habe schließlich keinesfalls vergessen, was ich dir zu verdanken habe. Dafür lässt du meine Familie in Ruhe – das war der Deal!", flüsterte Carsten.

„Sei meinetwegen ebenfalls unbesorgt. Ihr werdet ein sorgenfreies Leben haben – du und deine Familie. Aber ich erwarte von dir, dass du mir die Anwaltsgattin wieder in die Spur bringst, klar?!", Sergios Ton war schneidend.

„Ganz sicher. Das werde ich, Sergio. Aber wenn ich einen solchen Druck auf sie ausübe, dann ist das möglicherweise contraproduktiv und sie verschließt sich mir. Dir ist schon bewusst, dass man, wenn man um eine Frau wirbt, deutlich einfühlsamer vorgehen muss, als wenn man für die Mafia einen Auftrag ausführt", gab Carsten leise zu bedenken.

„Sicher. Aber wie gesagt, alles weitere später", Sergio legte auf, Carsten atmete erleichtert aus, da trat Sylvia aus dem Badezimmer.

„War es wichtig? Dein Gespräch?", erkundigte sich Sylvia interessiert.

„Es war meine Lieblingscousine Thekla. Sie wohnt etwas weiter entfernt, aber wir haben ein sehr inniges Verhältnis und sehen uns häufig. Momentan geht es ihr gesundheitlich wirklich schlecht und ich kümmere mich um sie. Ich werde sie am Samstag oder Sonntag besuchen fahren", log er wie gedruckt.

Sylvia lauschte seinen Worten, während sie sich die Haare machte. Ihr gefiel sein Familiensinn.

„Wenn du möchtest, können wir gerne den heutigen Abend gemeinsam verbringen, und den morgigen auch", schlug Carsten mit verführerischem Lächeln auf den Lippen vor.

„Sei mir bitte nicht böse, aber ich glaube, ich wäre lieber alleine. Ich brauche etwas Zeit für mich. Aber ich rufe dich an, ok?", wehrte Sylvia ab.

Auch wenn es ihm nicht gefiel, stimmte er zu. Immerhin ließ sich Sylvia dann doch zu einem gemeinsamen üppigen Frühstück überreden – danach ging Sylvia sofort in die Kanzlei.

§ §

Kaum war Sylvia fort, machte sich Carsten auf den Weg, um einige Besorgungen zu erledigen. Das wichtigste war der Besuch des Juweliers gewesen, weshalb Carsten das auch sofort erledigt hatte: sowohl eine Kette für Rebecca, als auch für Sylvia.

Mittlerweile war es 12:00 Uhr. Nun stand das Treffen mit Sergio an, und Carsten achtete auf extreme Pünktlichkeit! Danach wollte er kurz mit Rebecca telefonieren, oder sie besuchen, das würde er spontan entscheiden.

Er wartete bereits an einem abgelegenen Waldstück – dem Treffpunkt mit Sergio. Hier besaß Sergio eine Hütte. Doch von seinem Auftraggeber war keine Spur zu sehen. Carsten blickte sich um.

In einiger Entfernung lehnte Sergio an einem Baum. Schwarz gekleidet, die Augen hinter einer Sonnenbrille verborgen, mit einem Telefon immer griffbereit am Ohr.

Carsten steckte die Hände tief in die Hosentaschen und schritt die wenigen Meter hinüber zu Sergio. Der roch nach einer Mischung aus verschiedensten Spirituosen und Mundwasser, aber das störte Carsten nicht.

„Schön, dich zu sehen!", grüßte Sergio ihn, und auf die Hütte deutend, lud er Carsten ein: „Wollen wir nicht reingehen?"

Während Carsten auf der Holzeckbank Platz nahm, trat Sergio an den kleinen weißen Kühlschrank und nahm eine Flasche Wodka heraus. In den Hängeschränken schien sich kein Glas zu befinden.

„Möchtest du etwas trinken?", fragte Sergio, und als Carsten verneinte, setzte er die Flasche an den Mund und nahm einen kräftigen Schluck. Dann wandte er sich wieder an Carsten: „Du weißt ja, wozu ich fähig bin… abgehackte Finger…, schwere Verätzungen…, Mord und so…"

„Stopp! Ich will es nicht wissen. So genau will ich es gar nicht wissen. Mir ist durchaus bewusst, wozu du fähig bist, Sergio. Und ja, du hast es auch geschafft, mir ein Bild in den Kopf zu setzen: Rebecca mit abgehackten Fingern!", innerlich wandte und wehrte sich alles gegen dieses Bild, und er unterdrückte die aufsteigende Übelkeit. Äußerlich blieb Carsten dennoch ohne jede Regung.

„Du bist ein Mafiosi, genau wie ich", sagte Sergio.

„Soll ich Sylvia Mindl-Kirschstein jetzt etwa einen Finger abtrennen oder wie?", vergewisserte sich Carsten verwirrt.

„Nein. Natürlich nicht. Wobei… so schlecht wäre die Idee an sich nicht…", Sergio kicherte in sich hinein, „kleiner Scherz! Aber wenn sie sich dir nicht freiwillig öffnet, sondern eher einen Rückschritt macht, dann müssen wir ihr einen Grund liefern, sich dir doch noch zu öffnen. Und was könnte ein besserer Grund sein als Schmerz oder Angst? Das heißt, deine Aufgabe ist es, herauszufinden, was sie in Angst versetzt, und ich werde dann dafür zu sorgen, dass sie diese Angst auch verspürt. Dann wird sie bei dir Zuflucht suchen und sich dir dann öffnen – alles klar soweit?!"

Sergio begann, den Watchmen aufzustellen, um zu sehen, was bei den Anwälten zuhause ablief.

Carsten schluckte und beeilte sich, Sergio zu versichern, dass er seine Aufgabe pflichtschuldigst erledigen würde: „Sicher, Sergio! Ich werde es herausfinden – verlasse dich darauf! Allerdings wollte ich noch fragen, ob ich das Wochenende – oder zumindest den morgigen Tag – bei Rebecca und den Kindern verbringen kann. Danach werde ich mich um Sylvias Angst kümmern…", versicherte er schnell.

„Von mir aus! Aber versuche trotzdem, irgendwie mit Sylvia Mindl-Kirschstein Kontakt zu halten. Wann wolltest du denn los zu deiner Familie?"

„Morgen – spätestens am Sonntag."

Sergio griff wieder nach der Flasche und lehnte sich entspannt zurück, während er auf den Bildschirm starrte. Er schien in Gedanken versunken und Carstens Anwesenheit fast vergessen haben. Doch mit einem Mal blickte er ihn nochmals mit klaren Augen an und wiederholte eindringlich: „In Ordnung. Aber vergiss nicht, mit Sylvia Kontakt zu halten, um ihre Angst kümmern wir uns dann später. Alles klar, soweit?"

„Alles klar", Carsten nickte.

§ §
§ § §

Konstantin war schon mitten in der Arbeit, als Sylvia die Kanzleiräume betrat. Der Sekretärin gegenüber verhielt sie sich vollkommen normal – sie war ein Profi, sie ließ sich nichts anmerken. Aber sie verschwand gleich in ihrem Büro und wollte es vermeiden, Konstantin zu begegnen.

Unglücklicherweise hatte Konstantin wichtige Termine, bei denen er die Fristen unbedingt einhalten musste – das nahm seine Aufmerksamkeit zunächst voll in Anspruch und lenkte ihn von seinen persönlichen Sorgen ab.

Doch gegen Mittag trat er zu Sylvia ins Büro. Wenngleich auch er Vollprofi war, der vor Gericht auch gut und gerne ein Schauspiel abzog, um seinen Mandanten eine bessere Position zu verschaffen, sah er furchtbar aus. Er hatte Ringe unter den Augen und war blass.

Er blieb an der Tür stehen und fühlte sich irgendwie gehemmt. Sylvia blickte auf, und er räusperte sich: „Können wir nochmal über den Streit reden?"

Einen Moment blickte sie ihn wortlos an. Er konnte ihr ansehen, dass es in ihr arbeitete, aber ihre Miene verriet ihm nichts über ihr Seelenleben. *Wie konnte das sein? War sie ihm in den letzten zwei Tagen derart fremd geworden? Kannte er seine Frau nicht mehr? Früher hatte er immer das Empfinden gehabt, ihre Gedanken lesen zu können, ihre Gefühle zu erspüren – in der Bibel hieß es, „Mann und Frau würden ein Fleisch werden" – waren sie das nun nicht mehr? Waren sie jetzt auseinander gerissen?*

Endlich brach Sylvia das Schweigen: „Nein. Es tut mir leid, Konstantin, ich brauche noch Zeit! Ich bin darüber noch nicht hinweg. Bitte, geh!"

Sie war höflich, aber völlig emotionslos geblieben. Doch ihre Worte trafen Konstantin wie ein Schlag ins Gesicht. Wortlos drehte er sich um und verließ das Zimmer; den Rest des Tages wagte er nicht mehr, sie auf das Thema anzusprechen.

Es wurde Zeit, Constanze-Finja von der Schule abzuholen. Konstantin war nur froh darüber, dass seine Frau wieder aufgetaucht war – wie hätte er der gemeinsamen Tochter das Verschwinden der Mutter erklären sollen? Beinahe kleinlaut machte er Sylvia darauf aufmerksam, dass es Zeit war, zur Schule zu fahren. Sie nickte nur und stieg zu ihm ins Auto. Auch auf der Fahrt sprachen sie nicht miteinander, so dass Konstantin das Radio einschaltete, um die schreckliche und belastende Stille nicht so deutlich zu spüren. Gerade lief das Lied *Castle on the Hill* von *Ed Sheeran*.

Wenigstens riss sich Sylvia zusammen, als ihre Tochter auf beide zustürmte. Aufgeregt erzählte das Mädchen ihrer Mutter, wie sie den gestrigen Tag bei ihrer Freundin Lina verlebt hatte.

Auch zuhause tat Sylvia – ihrer Tochter zuliebe – so, als sei nichts gewesen. Es wurde gemeinsam Abendessen gekocht, scheinbar fröhlich gescherzt, und dann durfte Constanze-Finja sogar noch ein wenig fernsehen. Eine absolute Ausnahme! Doch ihren Mann konnte sie nicht täuschen…

Nachdem Constanze- Finja ins Bett gebracht worden war und Raul sich auf sein Zimmer verzogen hatte, sagte Sylvia, dass sie ein ausgiebiges Bad nehmen würde, und schloss sich im Badezimmer ein. Ihr Handy nahm sie mit.

Konstantin konnte sich keinen Reim auf ihr Verhalten machen. Was war nur mit ihr los? Sollte er auf sie warten?! Er setzte sich im Bett hin und begann, in einer Fachzeitschrift zu lesen. Doch die nervliche Belastung, die Anstrengung der letzten Tage – all das forderte seinen Tribut; er schlief über der Lektüre ein.

Verwirrt wachte Konstantin auf. Sein Wecker hatte nicht geklingelt, er hatte verschlafen! Und weshalb war seine Nachttischlampe an? Ein Blick auf die andere Bettseite zeigte ihm, dass Sylvia nicht im Bett gewesen war. *Verdammt!!! Wo war sie gewesen? Wo hatte sie geschlafen?*

Er spürte, wie das Adrenalin durch seine Adern lief! Seine Frau! Seine Sylvia! Er war augenblicklich hellwach und sprang aus dem Bett.

Doch, er war sich sicher! Sein Gefühl musste stimmen! Wieso hatte er das nicht gleich gemerkt? Schließlich war er Anwalt und es gewohnt, Fakten zusammenzutragen! Dieser Carsten war schuld, hundertprozentig! Seit er im Hinterhaus wohnte, hatte sich Sylvia irgendwie verändert, natürlich! Er würde sie einfach direkt darauf ansprechen. Daran führte kein Weg vorbei!

Als er in die Küche ging, stellte er fest, dass Constanze-Finja und Sylvia offenbar schon fort waren. Er war tatsächlich spät dran, daher machte er sich einen Espresso und ging rasch duschen. Dann ging er schnellen Schrittes hinunter in die Kanzlei.

§ §

Sylvia hatte die Nacht auf dem Sofa verbracht. Sie hatte es nicht über's Herz gebracht, neben ihrem Mann zu liegen – aber sie war sich auch nicht über ihre Gefühle zu Carsten im Klaren. Im Moment lief alles durcheinander – drunter und drüber. Gefühlschaos pur!

Einige Zeit später

Sylvia war tatsächlich bereits unten und arbeitete einige Akten durch. Er konnte sie durch die geöffnete Tür in ihrem Zimmer am Schreibtisch sitzen sehen. Aber bevor er dazu kam, mit ihr zu sprechen, wurde er von Frau Hinrichs abgefangen. Ein Mandant hatte schon mehrfach angerufen und sie hatte ihn vertrösten müssen – aber es war dringend!

Innerlich fluchend, rief Konstantin den Mann zurück und musste im Anschluss noch weitere Telefonate führen, um die Angelegenheit zu klären.

Dann endlich ergab sich die Gelegenheit zu einer kleinen Pause. Konstantin nahm zwei mit Espresso gefüllte Tassen mit in ihr Büro. Eine Tasse stellte er direkt vor sie auf die Schreibtischplatte.

„Bitteschön!"

Sylvia blickte auf.

„Danke", ihre Antwort war knapp und sachlich.

„Darf man mal fragen, wo du dich in letzter Zeit abends aufhältst?", tastete er sich vorsichtig heran.

„Ich habe dich betrogen. Mit Carsten Picht", in Sylvias Stimme lag eine gewisse Kälte. Sie sah den Schock im Gesicht ihres Mannes.

Konstantin überlegte, was er antworten sollte, dann sagte er: „Es tut mir leid, ich glaube, dass dieser Carsten ein Handlanger von Sergio ist und außerdem habe ich Angst, dich zu verlieren", gab er wahrheitsgemäß zu.

Sie sah ihn an und schwieg – sie verstand, was er meinte. Auch ihr war das mit Carsten zu schnell gegangen, denn sie liebte Konstantin. Konstantin war ihr Freund, ihr Partner, ihr Ehemann, der Vater ihrer Tochter, ihre Familie – ihr Ein und Alles!

„Kannst du mir verzeihen, Konstantin? Ich liebe nur dich und ich weiß, dass das mit Carsten eine Kurzschlussreaktion – ein Fehler – war. Also kannst du mir verzeihen?", flehte sie fast, und er sah, dass sie mit den Tränen kämpfte. „Carsten half mir, mich wieder begehrenswert zu fühlen – das habe ich manchmal bei dir vermisst. Wir hocken den ganzen Tag aufeinander – hier in der Kanzlei – privat und manchmal ist mir das einfach zu viel!", erklärte sie.

Konstantin kam herüber zu ihrem Schreibtisch. Sein Finger strich über ihre Wange, wo er die jetzt fließenden Tränen bekämpfte. „Ich glaube dir, dass es eine Kurzschlussreaktion war. Ich liebe dich über alles! Und ich will dich nicht verlieren. Aber, Himmel! Er half dir, dich begehrenswert zu fühlen? Ist das dein Ernst?! Ich muss darüber nachdenken, ob ich dir verzeihen kann!"

Sylvia sah ihn flehend an, nickte mechanisch und stammelte: „Was habe ich nur getan?"

Um Punkt 14:00 Uhr hörte Rebecca, als sich ein Schlüssel im Haustürschloss umdrehte. Wenige Minuten zuvor hatte sie die Kinder von der Schule abgeholt, gerade stand sie in der Küche am Herd. Als sie ihren Mann im Hausflur erblickte, stellte sie die Hitze des Herdes eine Stufe kleiner und empfing ihn mit einem Kuss: „Ich bin so froh, dass du wieder da bist – ich habe dich so vermisst – und die Kinder erst…"

„Ich habe euch auch sehr vermisst", Carsten erwiderte den Kuss.

Hand in Hand gingen sie in die Küche.

„Wie läuft es in deinem neuen Job? Und wie geht es Thekla?"

„In meinem Job läuft es ausgezeichnet. Aber Thekla geht es nicht so gut. Sie kann kaum laufen", Carsten machte eine besorgte Miene.

Rebecca strich ihrem Mann zärtlich und liebevoll über den Oberarm. „Oh, das ist ja furchtbar, das tut mir so leid. Wenn ich irgendetwas tun…"

„Lass‘ uns bitte das Thema wechseln – ich habe dich so sehr vermisst", sie küssten sich wieder.

Anschließend ging Carsten in die Kinderzimmer, wo er stürmisch und freudig empfangen wurde. In diesem

Moment wusste er wieder, dass es sich lohnte: Die Arbeit für Sergio war hart, fast unmenschlich, und ihm war bewusst, dass er all seine moralischen Grundsätze und Bedenken ablegen und über seine Grenzen hinausgehen musste – aber um seine Familie zu schützen, war er bereit, dies zu tun! Für den Schutz seiner Familie würde er alles tun!

Die letzten Tage waren für Konstantin und Sylvia nicht leicht gewesen. Für Constanze-Finja wollten sie den Schein aufrechterhalten – das kleine Mädchen musste nicht wissen, dass ihre Eltern Eheprobleme hatten. Auch Raul sollte nichts mitbekommen. Doch Konstantin war sich nicht über seine Gefühle im Klaren – sollte er seiner Frau verzeihen? Er konnte das nicht verstehen – nur wegen dieses Streits? Er brachte es nicht über sich, mit Sylvia dasselbe Bett, dasselbe Schlafzimmer zu teilen – er hatte auf dem Sofa geschlafen. Und war morgens bereits sehr früh aufgestanden, so dass seine Kinder nichts davon mitbekommen hatten.

Sylvia litt ebenfalls unter der Situation. Sie war sich sicher, dass sie zu Konstantin gehörte. Und als Carsten ihr weiterhin SMS schrieb, ignorierte sie diese zunächst. Doch je mehr sich Konstantin von ihr zurückzog, desto eher drängte sie ihre Leidenschaft, zu Carsten zu gehen. Würde sie seinem Charme widerstehen können? Und wenn ja, wie lange?

Früher Nachmittag

Nachdem sie ihre Arbeit für heute erledigt hatten, machten sich Konstantin und Sylvia auf den Weg, um ihre Tochter gemeinsam von der Schule abzuholen. Danach würden sie für heute nicht mehr arbeiten gehen, sondern sich zu Hause einen gemütlichen Abend mit Constanze-Finja machen. Das Mädchen erwartete ihre Eltern bereits am Schultor. Auch Götz traf in diesem Moment ein, er holte Lina ab.

„Also das mit dem Treffen am Sonntag um 15:00 Uhr geht klar?", fragte Götz.

„Ja, klar. Wir freuen uns. Bis dann", meinten Konstantin, Constanze-Finja und Sylvia. Auch Götz und Lina verabschiedeten sich.

Gegen Abend

Carsten war verwirrt. Seit drei Tagen antwortete Sylvia nicht mehr – egal, wie oft er ihr SMS geschrieben hatte. Auf dem Watchman war nichts Verdächtiges zu sehen gewesen – Familienleben wie immer. *Was war los?* Er beschloss, einen Abendspaziergang zu machen. Sein Weg führte ihn unweigerlich zum Townhouse.

§ §

Verzweifelt warf Sylvia ihr Handy auf's Bett! Schon wieder eine SMS von Carsten. Und sie spürte genau, wie ihr flau im Magen wurde. Schmetterlinge im Bauch! Vor ihren inneren Augen sah sie sein Gesicht. Sie konnte noch immer seine zärtlichen Hände auf ihrer Haut spüren, wenn sie sich daran erinnerte… seine Lippen auf ihrem Mund, diese Leidenschaft, diese Gier. Der Sex mit Carsten war unglaublich gewesen! Und seine SMS brachten ihr Blut zum Kochen! *Aber ich liebe doch Konstantin!!! Und er wendet sich derart von mir ab! Ich habe ihn um Verzeihung gebeten – was soll ich noch tun?!* Sylvia war innerlich wie zerrissen. Sie beschloss, an die frische Luft zu gehen.

Sie stürmte die Treppe hinab und griff nach ihrem lindgrünen Mantel und lief nach draußen. Ihr offenes Haar flatterte im Wind, als sie schnellen Schrittes das Grundstück verließ und die Straße entlang lief. Und dann wurde sie fast ohnmächtig – das war Carsten, der ihr dort entgegen kam. Nein, sie wusste es, innerlich hatte sie gehofft, ihn zu treffen! Sie beschleunigte ihren Schritt und ging schnurstracks auf Carsten zu. Sie war wie ferngesteuert.

Carsten war zufrieden. Endlich lief wieder alles nach Plan! Es war eine perfekte Idee gewesen, persönlich nach dem Rechten zu sehen – und sein Opfer war ihm direkt in die Arme gelaufen! Diese Anwaltsgattin war auch zu leicht zu kriegen! Grinsend goss er sich in seiner Dienstwohnung einen Whisky ein, während er an den gestrigen Abend dachte.

Sylvia war ihm schon auf der Straße entgegen gekommen. Er hatte ihr angesehen, dass sie völlig aufgelöst war. Mit fahrigen Bewegungen hatte sie ihn begrüßt. Er hatte so getan, als wüsste er von nichts – aber Sylvia war kaum zu beruhigen gewesen. Er hatte den Arm um sie gelegt und in ihren Augen schon das auflodernde Feuer gesehen. Ohne darüber ein Wort zu verlieren, hatte sie den Weg zu seiner Wohnung eingeschlagen. Und kaum hatte er die Haustür hinter ihnen geschlossen, war sie buchstäblich über ihn hergefallen. Was für ein Weib! Sie hatte ihm förmlich die Klamotten vom Leib gerissen; diese lagen nun auf dem Weg von der Haustür bis zum Bett auf dem Boden verstreut. Und der Sex mit ihr war wirklich angenehm, wild, leidenschaftlich, aufregend!

Als sie keuchend neben ihm im Bett lag, mit befriedigtem Gesichtsausdruck und glückseligem Lächeln, hatte er sich aus dem Bett gebeugt und ein kleines Etui aus seiner Jackentasche gezogen. Das hatte er dann auf ihrem nackten Bauch, neben ihrem Bauchnabel platziert. Erstaunt hatte sie es geöffnet und mit einem

Jauchzen die filigrane Kette betrachtet, die Carsten mit
Bedacht ausgesucht hatte.

Carsten musste bei der Erinnerung wieder schmunzeln.
Frauen waren doch alle gleich! Er hatte ihr mit treuher-
zigem Blick gestanden, sich unsterblich in sie verliebt
zu haben. Und deshalb hätte er ihr dieses Schmuckstück
gekauft, das sie tragen und an ihn denken sollte. Er könne nicht ohne sie leben! Und die Kette wäre dann nahe
an ihrem Herzen, worin er, wie er beteuerte, so gern
einen Platz hätte. Das und noch mehr schmalziges Zeug
hatte er ihr erzählt, und sie hatte ihm alles geglaubt!

Als sie dann kurz im Bad verschwand, hatte er rasch
ihren Mantel durchsucht und ihren Schlüsselbund ent-
wendet. Er würde sich einen Zweitschlüssel anfertigen
lassen und dann am Montag ihren Schlüsselbund beim
Fundbüro abgeben. Sollte sie doch denken, dass sie ihn
auf dem Weg zu seinem Haus verloren hatte. Und dass
sie sich das ganze Wochenende über Gedanken machen
würde, wo der Schlüssel war, passte gut in den Plan – er
wollte, dass sie mit den Nerven am Ende war!

Sylvia hatte ihm berichtet, dass sie an diesem Wochenende ein Treffen mit Freunden geplant hatten. Sobald
das Townhouse leer war, würde er einfach hineinspazie-
ren und die restlichen Räume verwanzen. Und anschließend würde er zu seiner Frau und den Kindern fahren!
Nun hieß es also: Im Watchman verfolgen, wann die
Familie ausgehen würde – und abwarten! Er nippte zufrieden an seinem Whisky.

§ §
§ § §

Wie oft am Samstag, hatten alle einen richtigen Familientag gemacht. Dazu gehörten ein ausgiebiges Frühstück, ein Spaziergang an der Spree, ein üppiges Mittagessen, das gemeinsam gekocht wurde, und ein gemeinsamer Spiele- und Leseabend. Constanze-Finja, ihr Halbbruder und ihre Eltern hatten diese Familientage immer sehr genossen.

§ §
§ § §

Raul war gegen Abend noch ausgegangen, um Freunde zu treffen.

Nachdem sie noch etwas gekuschelt hatten, war Constanze-Finja zu Bett gegangen. Konstantin und Sylvia gingen ebenfalls ins Schlafzimmer. Sylvia trug ihren grauen Hausanzug und Konstantin hatte seinen dunkelblauen Schlafanzug angezogen. Unschlüssig wollte er sich zur Tür wenden, als Sylvia ihm in den Weg trat.

„Ich liebe dich, Konstantin – ich liebe dich so sehr. Ich will nie wieder ohne dich sein, nie wieder, hörst du? Bitte verzeih' mir", ihr Mund suchte seinen und sie küssten sich.

„Ich liebe dich auch, Sylvia", sie küssten sich wieder und hatten anschließend leidenschaftlichen Versöhnungssex.

Sylvia schlief unruhig an diesem Morgen. Die ganze Nacht hatte sie sich hin und her gewälzt. Gegen 09:30 Uhr erwachte sie und stand auf, da sie einen Druck auf ihrer Blase verspürte. Ihr war ein wenig schwindelig. „Au!", schrie sie, da sie mit ihrem Knie gegen den Bettpfosten gestoßen war. Da erwachte Konstantin und stand ebenfalls auf.

„Alles in Ordnung?", fragte er und küsste sie. Sie erwiderte den Kuss zärtlich.

„Ich habe mir das Knie gestoßen und mir ist ein wenig schwindelig."

„Ist es schlimm? Also mit dem Schwindel und dem Knie, meine ich?", wollte Konstantin einfühlsam wissen.

„Geht schon", sie lächelte und ging zur Toilette. Als sie zurückkehrte, kuschelte sie sich an Konstantin und legte ihren Kopf auf seinen Arm. Schräg von unten lächelte sie ihn an. Dann lauschte sie der Stille.

„Was ist?", fragte Konstantin interessiert.

„Ich dachte, ich höre Constanze-Finja, aber das war wohl ein Irrtum", sie kuschelte sich eng an ihren Mann, und Konstantin legte seinen Arm um sie und küsste sie liebevoll.

Da klingelte das Telefon und Konstantin hob ab. Es war Götz, der ihm mitteilte, dass sie das Treffen verschieben müssten, da Gabriella wieder ganz schlimme Probleme mit ihrem Herzen hatte. Konstantin zeigte Verständnis und meinte, dass sie sicherlich einen anderen Termin finden würden. Er wünschte Gabriella alles Gute und informierte Sylvia über die Geschehnisse. Sie schmiegte sich an ihn und war froh, ihn zu haben. Danach schliefen beide Arm in Arm noch einmal ein.

§ §
§ § §

Carsten war wütend. Sie hatte ihm doch gesagt, dass sie am Wochenende Freunde besuchen wollten. Gestern hatte er den ganzen Tag gewartet und nichts war passiert. Dann hatte er sich den Zweitschlüssel angefertigt – und als er wieder im Watchman kontrollierte, was im Townhouse vor sich ging, kam die Familie gerade zurück, offenbar waren sie spazieren gegangen. Chance verpasst… dann musste er die Wohnung und die Kanzlei eben heute verwanzen. Aber am meisten ärgerte er sich darüber, dass er bisher keine Gelegenheit gehabt hatte, Rebecca und die Kinder zu sehen. Er hatte Sehnsucht nach seiner Familie – und wilder Sex mit Sylvia war kein Ersatz. Job war Job. Aber Rebecca liebte er über alles in der Welt! Hoffentlich hatte er heute noch Gelegenheit, die Wanzen anzubringen.

§ §
§ § §

Mittlerweile war Constanze-Finja aufgewacht. Das kleine Mädchen tapste barfuß über den in ihrem Zimmer liegenden rosa Fellteppich, öffnete ihre Zimmertür und ging hinaus; dabei lief sie Raul über den Weg.

„Guten Morgen, Raul", sagte sie zu ihrem großen Halbbruder.

„Guten Morgen, du Süße, ab zurück ins Kinderzimmer", führte Raul sie wieder ins Zimmer, wo er ihr beim Anziehen half. Er wählte ein hellrosa Kleid aus.

„Sind Mama und Papa schon wach?"

„Ich weiß nicht, wir werden mal nachsehen", Raul nahm seine kleine Halbschwester an die Hand und ging mit ihr in Richtung Elternschlafzimmer.

Vorsichtig öffnete die kleine Kinderhand die Schlafzimmertür und beide traten ein. Durch das Licht-Schattenspiel, welches die geöffnete Tür hervorrief, wurden Sylvia und Konstantin langsam wach.

„Mama, Papa, guten Morgen!", trompetete Constanze-Finja.

Doch ehe ihre Eltern wach wurden, wälzten sie sich noch einmal hin und her, gähnten, reckten und streckten sich ausgiebig. Constanze-Finja und Raul verließen das Schlafzimmer und Sylvia schälte sich aus der Nachtwäsche und schlüpfte unter die Dusche. Doch Konstantin überraschte sie, indem er sich mit unter den Wasserstrahl stellte. Die Wassertropfen rannen an ihren nackten Körpern herunter. Konstantin griff nach der Duschcreme – beide liebten den Duft von Magnolie und Acai-Beere – und er seifte ihre Brüste ein, ihren Bauchnabel, den Nacken und die gesamte Rückenpartie. „Ich liebe dich so sehr, du bist der Wahnsinn! Du bist *DIE Frau* für mich!", er küsste ihr nasses Haar.

Sie drehte sich um, legte die Arme um seinen Hals: „Du bist *DAS BESTE,* was mir je passiert ist – ich will nie wieder ohne dich sein", hauchte sie und erwiderte seinen Kuss zärtlich. Ihre Hände glitten an seinem Hals hinab, streichelten seinen Oberkörper, und während seine Zähne zärtlich an ihrem Ohrläppchen knabberten, umfuhren ihre Fingerspitzen seinen Bauchnabel und landeten bei seinem mittlerweile prallen Geschlechtsteil. Beide gaben sich ihrer Leidenschaft hin.

Als sie fertig geduscht und sich geliebt hatten, zogen sie sich rasch an. Sie kicherten und fühlten sich wie die Teenager; immerhin war ihnen bewusst, dass Raul und Constanze-Finja ein paar Zimmer weiter waren. Sylvia wählte ein pinkfarbenes, kurzes Sommerkleid, welches ihre Brüste und ihre Beine perfekt zur Geltung brachte, die glatten, braunen Haare trug sie offen. Auch ihr Lippenstift passte perfekt zum Kleid. Konstantin trug einen dunklen Anzug und ein rosafarbenes Hemd mit dunkler Krawatte, welches wundervoll mit Sylvias Kleidungsstil harmonierte. Dazu trug er eine dunkle Hose und dunkle Schuhe.

Als beide in den Koch- und Essbereich kamen, stellten sie mit Freude fest, dass die Kleine ihrem großen Bruder dabei half, den Tisch zu decken und die Frühstückszutaten darauf zu platzieren.

Während des Frühstücks unterhielten sie sich über ihre Pläne für den Tag. Sylvia aß ein Brot mit Butter und Honig, Konstantin aß ein Brötchen mit Wurst, beide tranken wie üblich morgens ihren Espresso.

„Wollten wir uns nicht heute mit Lina und ihren Eltern treffen?", fragte Constanze-Finja. Da musste Sylvia ihre Tochter darüber unterrichten, dass Gabriella und Götz das Treffen verschoben hatten. Als Ausgleich schlug Konstantin vor, stattdessen nachmittags ins Kino zu gehen.

Raul lachte, denn bei aller Liebe für seine Halbschwester konnte ihn nichts dazu bewegen, mit in einen Kinderfilm zu gehen. Er würde stattdessen an seinem Motorrad schrauben.

Sergio hatte Carsten zu einem Treffen in der Waldhütte bestellt. Zunächst hatte er ihn gelobt, weil es mit dem Verwanzen der Wohnung am Wochenende doch noch geklappt hatte. Doch was sie jetzt auf den Bildschirmen beobachten konnten, erfüllte beide mit wachsender Sorge.

„Unser trautes Paar wird sich doch nicht wieder versöhnen", grummelte Sergio verärgert, „du musst dich ranhalten, an die Anwaltsgattin. Schmuck hilft immer; die Frauen stehen auf sowas! Am besten, du fährst noch heute los und besorgst etwas für Rebecca und die Kinder – und vor allem für Sylvia Mindl-Kirschstein!"

Carsten sah Sergio ungläubig an. Er sah die Wut in Sergios Augen und dessen Hand war zu einer Faust geballt – Sergios Fingerknochen traten weiß hervor.

„Ich muss jetzt los – ich gehe ins Fitnessstudio. Dort mache ich Hanteltraining, um meine Wut abzureagieren!", Sergio verließ die Hütte schnellen Schrittes.

Auch Carsten machte sich auf den Weg und rief von unterwegs seine Frau an. Er sagte ihr, dass er nach Hause kommen und sich auf sie und die Kinder freuen würde. Auch sie bekundete ihre Freude. Wie froh war er, dass er die Besorgungen beim Juwelier schon hinter sich hatte – er war ziemlich stolz auf sein vorausschauendes Handeln. Und darauf, dass er Sergio richtig eingeschätzt hatte. Er hatte Sergio nicht erzählt, dass Sylvia ihr Geschenk bereits erhalten hatte – sollte sein Chef doch glauben, das sei seine Idee gewesen. Dann konnte er ihm die nächsten Tage erzählen, dass er eine Kette gekauft hatte – ganz nach Sergios Wunsch! Das würde Sergio zufriedenstellen! Ja, Geschenke passten perfekt in den Plan!

Carstens Sehnsucht nach Rebecca und den Kindern war übermächtig geworden und er war heimgefahren. Er hatte erzählt, dass seine Cousine Thekla im Krankenhaus lag. Und was seine Arbeit betraf – er hatte zu Rebecca gesagt, dass diese freien Tage der Ausgleich dafür waren, dass er am Wochenende hatte arbeiten müssen.

Wie immer hatte Rebecca ihm ohne jegliches Misstrauen geglaubt. Dass er telefonisch erreichbar sein musste und oftmals SMS schrieb, gehörte eben zu seinem Job. Rebecca stellte keine Fragen – stattdessen genossen sie als Familie die Tage, die sie zusammen waren. Heute hatten sie mit den Kindern gespielt und mit ihnen gelernt, anschließend waren sie draußen im Grünen gewesen und hatten in einem Park Verstecken gespielt.

§ §
§ § §

Sergio war zufrieden. Carsten war wirklich der richtige Mann für diese Art von Job! Er rieb sich die Hände und stellte sich vor, wie die SMS in den vergangenen Tagen zwischen Carsten und Sylvia Mindl-Kirschstein hin- und hergegangen waren. Und dass Carsten ihr diese Kette geschenkt hatte, gefiel Sergio ebenfalls. Er lachte dreckig vor sich hin, als er wiederholte, was Carsten ihr dabei alles erzählt hatte... *er hätte sich unsterblich in Sylvia verliebt. Sie solle dieses Schmuckstück tragen und an ihn denken. Weil er ohne sie nicht leben könne! Und dass diese Kette einen Platz nahe an ihrem Herzen haben sollte* – er hatte Carsten derartige Poesie gar nicht zugetraut!

Aber jetzt, das hatte er Carsten beim letzten Telefonat mitgeteilt, musste Phase zwei auf den Plan treten: Carstens Aufgabe war nun herauszufinden, was Sylvia Mindl-Kirschstein in Angst versetzte, und dann würden sie dafür sorgen, dass sie diese Angst auch verspüren würde! Alles, was Sylvia Mindl-Kirschstein an den Rand des Wahnsinns brachte, war Sergio recht – und damit würde er Konstantin ebenfalls zerstören!

§ §

Durch das Toben waren Jan-Ruben und Ina-Sarah sehr müde geworden und abends schnell eingeschlafen, so dass Rebecca und Carsten den Abend ganz für sich alleine hatten. Nun wollte Rebecca sich noch schnell ihre Beine und Achseln enthaaren und ihre Zähne putzen, während Carsten das Schlafzimmer mit Rosen und Kerzen herrichtete. Passend dazu hatte er romantische Musik gewählt. Sein Geschenk für seine Frau hatte er ebenfalls geschickt platziert.

Da Rebecca etwas länger im Badezimmer beschäftigt zu sein schien, rief Carsten Sylvia an und sprach ihr leise auf die Mailbox:

„Hallo Sylvia, ich bin es, Carsten. Wahrscheinlich schläfst du schon... ich hätte gerne mit dir persönlich gesprochen – naja, jetzt muss es eben auch so gehen. Meine

Cousine Thekla ist schwer krank und braucht meine Hilfe. Deshalb werde ich morgen auf jeden Fall bei ihr sein. Wie lange ich brauche, weiß ich noch nicht genau. Ich melde mich auf jeden Fall bei dir, wahrscheinlich bin ich bis Sonntag bei ihr... Es ist schrecklich, wenn die Angst um jemanden einen lähmt und....", jetzt fing er auch noch an zu schluchzen, „so machtlos macht. Kennst du dieses Gefühl? Wenn man einfach nur Angst hat? Was ist deine größte Angst, Sylvia? Es tut mir leid, dass ich dich so spät noch störe. Bis bald, Carsten!"

Er legte auf und schrieb Sergio eine SMS, dass ein weiterer Teil des Auftrags erledigt war. Dann schaltete er sein Handy auf lautlos.

§§§§§§§§§§§§§§§§§§§§§§§§
§§§

Sylvia war durch das Klingeln ihres Handys wach geworden. Ein Anruf von Carsten. Er hatte auf Mailbox gesprochen... Sylvias Herz pochte zum Zerspringen. Wie immer, lösten Nachrichten von Carsten einen Sturm von Gefühlen in ihrem Innern aus. Sie liebte Konstantin – aber Carsten schien sie viel besser zu verstehen. Und er war ein Abenteuer. In ihr Negligé gehüllt, schlüpfte sie auf leisen Sohlen aus dem Bett, das Handy an die klopfende Brust gedrückt. Im Wohnzimmer kuschelte sie sich unter die flauschige Wolldecke und hörte ihre Mailbox ab. Sie war von dem gerade

Gehörten erschüttert. *Das ist ja furchtbar,* dachte Sylvia. *Das Schlimmste für mich wäre, wenn meiner Tochter etwas passieren würde...,* hing sie ihren Gedanken nach, während sie unter der kuscheligen Wolldecke lag.

§ §
§ § §

Als Rebecca eingeschlafen war, nahm Carsten sein Handy mit und ging nach draußen. Er textete kurz:

„Hey, meine Schöne. Ich kann nicht schlafen. Bist du wach?"

Als wäre es Telepathie, war auch Sylvia in Gedanken bei Carsten gewesen. Sie hatte das Handy gerade in dem Moment wieder in die Hand genommen, als der Ton die eingehende SMS verkündete. Mit zitternden Fingern wählte sie seine Nummer. Carsten ging sofort ran und sie erzählte leise, damit niemand im Haus wach wurde, von ihren Ängsten. Carsten lauschte gespannt, als Sylvia ihm folgendes erzählte: „Meist holen wir Constanze-Finja von der Schule ab – entweder Raul, Konstantin oder ich. Und sie weiß, dass sie, wenn sie einmal alleine nach Hause gehen soll, mit niemandem mitgehen soll, zum Glück. Sie geht auf die GuHS-Schwalbensee, hier im Ort – eine Gesamtschule. Samstag ist beispielsweise so ein Tag, da hat sie zwar keine Schule, aber sie ist um 14:00 Uhr bei ihrer Freundin Anita auf dem Kindergeburtstag eingeladen. Weder Raul, noch Konstantin oder gar ich können sie abholen oder hinbringen. Sie muss alleine gehen, aber wie gesagt, sie geht nicht zu Frem-

den!", hörte Carsten ihre stolze Stimme. Und die blau-
äugige Sylvia hatte ihm auch gleich die Adresse von
Constanze-Finjas Freundin genannt – klug für ihn und
Sergio – schlecht für die Familie Mindl-Kirschstein...

Sylvia hatte gegen Ende des Telefonats gesagt, dass sie
wolle, dass beide nur Freunde blieben. Carsten spürte
ihre innere Zerrissenheit und lachte sadistisch in sich
hinein, doch ganz liebevoll versicherte er ihr heuchle-
risch, dass er sie zu nichts drängen würde. Sie beschlossen, in den nächsten Tagen noch einmal zu telefonieren.

Er leitete die Nachricht über das aufgezeichnete Tele-
fongespräch sofort an Sergio weiter. Sergios Antwort-
SMS samt Lob in den höchsten Tönen kam prompt.
Carsten grinste in sich hinein. Er konnte Sergios boshaf-
tes Grinsen geradezu vor sich sehen, und bei dem Gedanken, wie er Sergio bei dessen Rache – die für Sylvia
und Konstantin schmerzlich enden würde – behilflich
sein konnte, durchströmte ihn ein tiefes und all überla-
gerndes Glücksgefühl.

Carsten war an diesem Tag schon sehr früh wach geworden, weil Sergio ihn mit seinem Anruf bereits um 05:00 Uhr geweckt hatte. Bevor Carsten den Anruf jedoch entgegennahm, schlich er auf Zehenspitzen aus dem Schlafzimmer in Küche. Dann erst nahm er den Anruf entgegen. Sie besprachen das weitere Vorgehen genau. Sergio war mit allem Besprochenen einverstanden gewesen – jetzt galt es, Angst zu verbreiten.

Nachdem Carsten das Gespräch beendet hatte, wählte er eine Handynummer und wartete. Etwas irritiert hob wenige Sekunden später am anderen Ende der Leitung eine Frau ab: „Carsten? Carsten Picht?! Bist du es wirklich? Oder träume ich?", ihre Stimme klang überrascht.

„Nein. Also nein, du träumst nicht. Und ja, ich bin es: Carsten Picht. Ich weiß, es ist langer her, seit wir uns das letzte Mal gesehen oder gar gesprochen haben...", er machte eine kurze Pause, doch dann sprach er rasch weiter. „Wie erging es dir, nachdem du...naja, sagen wir mal so, bei Sergio ausgestiegen bist?", fragte Carsten ruhig.

„Ich musste mir natürlich einen neuen Job suchen. Es war nicht immer einfach, besonders nicht, als meine mittlerweile achtjährige Tochter Lea auf der Welt war und ich von Sergio weg bin. Nachdem ich erfahren habe, dass ich schwanger bin, habe ich versucht, mit Sergio zu reden, ich habe ihm gesagt, dass ich versehentlich bei einer Zusammenkunft mit einem „Klienten"

Sergios nicht aufgepasst habe und schwanger wurde. Da ich den Typ dann natürlich so oder so umlegen musste – das war mein Auftrag, und du weißt ja, Auftrag ist Auftrag, da haben Gefühle und Emotionen nichts verloren – habe ich beschlossen, dies zu tun und vor Sergio, naja, sagen wir, zu fliehen, um mich und mein ungeborenes Baby zu schützen!", erklärte sie, „aber diese Geschichte kennst du ja".

Er sah ihr Gesicht vielsagenden Lächeln vor sich und obwohl sie nur telefonierten, konnte er sich dieses genau vorstellen.

Er entgegnete schließlich: „Oh ja, immerhin habe ich dir auf diesen LKW geholfen, damit du abspringen, fliehen und dir ein neues Leben aufbauen konntest", erinnerte Carsten sich, „wie ging es weiter?"

„Na wie schon, ich hatte Todesangst auf der Ladefläche dieses LKWs. Ich meine, der Fahrer hätte ja auch ein Menschenhändler sein können. Hätten wir es gewusst? Nein! Ich bin dann irgendwo in der Nähe von Festland und Zivilisation abgesprungen, als er an einer Tankstelle parkte und hineinging, vielleicht, um sich etwas zu kaufen. Dann bin ich mit dem Taxi weiter, habe gefragt, wo ich bin und ich war in Bremen. Dort habe ich mir dann eine Unterkunft und einen Job als Kellnerin gesucht – etwas Seriöses versteht sich. Seit Lea auf der Welt ist, arbeite ich nur noch abends in dem Restaurant", schloss sie.

Carsten war sprachlos, erstaunt und in gewisser Weise auch irgendwie beeindruckt zugleich: „Wow!", entfuhr es ihm, „du hast aus deinem Schicksal wahrlich etwas gemacht... weißt du noch... als wir...?"

„Wir hatten eine, nenn' es, wenn du so willst, Affäre...Sie war toll – und ja, ich kann mich noch erinnern!", ihre Stimme klang wohltuend in seinen Ohren. Dann setzte sie nach: „Aber was gibt es nun?", kam sie zur Sache.

„Ich dachte, wir könnten uns einmal wieder treffen, vielleicht in einem Café... Ich meine, immerhin hatten wir damals – wenn du es so willst – eine Liason, und ich mag dich immer noch sehr", säuselte Carsten.

„Und das ist der einzige Grund, warum du anrufst?! Nein! Nein! Carsten, ich kenne dich. Braucht ihr meine Hilfe bei etwas – du und Sergio – geht es darum?", durchschaute sie ihn sofort.

„Erwischt", gab er zu, „vielleicht können wir uns treffen, so um 12:00 Uhr, mit Sergio in einem Café? So können wir auch gleich die Konditionen für dich bei diesem Auftrag aushandeln. Einverstanden?", fragte Carsten mit seiner zuckersüßen Stimme.

„Richte Sergio bitte aus, dass ich einverstanden bin", sie nannte ihm noch die Adresse eines Cafés, dann legte sie auf.

Carsten unterrichtete Sergio von seinen Plänen. Ohne auf dessen Antwort zu warten, schlich er sich wieder zu

Rebecca ins Ehebett, schlang die Arme um sie und kuschelte sich an sie.

§ §
§ § §

Auch Carsten war tatsächlich noch einmal eingeschlafen – Rebecca ruhte in seinem Arm. Gegen 10 Uhr wachten beide auf. Rebecca küsste ihn: „Guten Morgen, Schatz.

„Guten Morgen, Liebling!", er erwiderte den Kuss.

„Ich glaube, ich gehe mal das Frühstück zubereiten. Musst du heute zu deiner Cousine?", fragte Rebecca.

„Ja, leider. Das sagte ich dir doch bereits gestern", Carsten tat so, als wäre ihm nicht wohl dabei, seine Familie am Samstag alleine lassen und setzte eine nachdenkliche Miene auf, dann räusperte er sich und meinte schließlich, „sie ist gestern aus dem Krankenhaus gekommen und sie kommt einfach nicht alleine zurecht. Ich hoffe, das ist okay für euch?", versicherte er sich noch einmal. „Was hältst du davon, wenn wir uns gemeinsam um das Frühstück kümmern?", fragte er dann.

„Ach ja richtig!", erinnerte sich Rebecca, um sogleich fortzufahren: „Natürlich ist das okay für uns. Wirklich schlimm… mit Thekla… Sie braucht dich jetzt sehr und es ist wichtig, dass du zu ihr fährst. Die Kinder werden das schon verstehen und ich weiß, du wirst anrufen, Carsten. Das Frühstück – gute Idee. Warum machen wir es nicht so: Du gehst die Kinder wecken, und ich kümmere mich um die Zubereitung des Frühstücks?"

„Gute Idee", war Carsten einverstanden. Doch zuerst ging er ins Badezimmer und machte sich frisch. Er zog sich um und trug nun ein cremefarbenes Jackett über einem hellblauen Hemd, eine cremefarbene Hose und beige Schuhe. Währenddessen machte Rebecca das Frühstück. Als Carsten im Bad fertig war, ging Rebecca ebenfalls ins hinein, um sich hübsch zu machen, sie zog eine lila Tunika-Bluse mit weißen Dreiecken darauf und dazu eine schwarze Hose und silberne Schuhe an. Carsten ging in die Kinderzimmer, um seine Kinder zu wecken. Zuerst weckte er Ina-Sarah. Leise trat er an das Bett seiner Tochter und strich ihr liebevoll, zärtlich und behutsam mit seiner Hand über das weiche, hellblonde Haar: „Guten Morgen, meine Süße! Aufstehen!"

Ina-Sarah murmelte verschlafen etwas und wälzte sich noch einige Male grummelnd hin und her, ehe sie sich gähnend reckte und streckte, sich die müden Augen rieb und schließlich aufstand. Ihr erster Weg führte sie ins Badezimmer, wo sie ihre Morgenhygiene erledigte und sich anzog. Rebecca war unterdessen schon wieder in der Küche.

Nun weckte Carsten seinen Sohn, welcher sich, nachdem seine Schwester endlich das Badezimmer freimachte, auch hinein begab, um sich frisch zu machen und anzuziehen.

Nachdem nun alle soweit alles erledigt hatten, frühstückte die Familie gemeinsam. Rebecca trank einen Milchkaffee, dazu gab es Rührei und Käsebrot. Carsten bevorzugte zu seinem Rührei mit Leberwurstbrot einen

Espresso. Jan-Ruben trank Orangensaft und aß ein Marmeladenbrot, Ina-Sarah zog es vor, sich zu ihrem Orangensaft ein Müsli mit Mandeln, Joghurt und Honig zu genehmigen.

Nachdem alle mit dem Essen fertig waren, wandte sich Carsten an die Kinder: „Und wie habt ihr vor, euren Samstag zu gestalten?"

„Ich habe später Fußballtraining. Und heute Abend habe ich vor, mich mit meinen Kumpels zu treffen – wir wollen bei einem von denen ein bisschen chillen, Party machen und so. Eventuell mit Übernachtung. Er wohnt nur wenige Querstraßen entfernt. Ist doch ok, oder?", vergewisserte sich Jan-Ruben.

Seine Eltern stimmten zu, baten ihn aber, am Sonntag wieder pünktlich daheim zu sein.

„Das werde ich!", versprach er.

„Was hast du geplant?", fragte Carsten seine Tochter.

„Ich werde das Wochenende bei meiner Freundin Annika verbringen, du weißt doch, sie wohnt gar nicht so weit entfernt von hier, lediglich zwei Straßen. Ich werde mit dem Fahrrad hinfahren. Sie weiß Bescheid und mit ihren Eltern ist auch alles abgeklärt. Sie sind ebenfalls einverstanden!", bekundete Ina-Sarah ihr Vorhaben ihren Eltern.

„In Ordnung. Das wird bestimmt toll", waren ihre Eltern einverstanden. „Aber bitte sei auch du am Sonntag wieder pünktlich zu Hause und mit pünktlich meinen wir, spätestens um 18:00 Uhr!", stellten die Eltern sofort klar und die Geschwister waren einverstanden.

Im weiteren Verlauf des Frühstücks bekräftigte Carsten, dass es ihm sehr leid täte, dass er momentan so wenig Zeit mit seiner Frau und Kindern verbringen könne, wegen des Jobs und wegen Thekla! Und es könne sogar sein, dass er das gesamt Wochenende weg sein würde, baute er bereits vor.

„Das ist doch nicht schlimm, Papa", fand Ina-Sarah, „wir sind ja auch nicht da! Und dafür warst du doch die ganzen letzten Tage hier!"

„Genau, Papa, Theklas Gesundheit und der Job sind wichtiger, schließlich profitieren auch wir von letzterem", stimmte Jan-Ruben seiner Schwester grinsend zu.

Nun meldete sich auch Rebecca zu Wort, „Die Kinder haben Recht, Carsten. Es ist vollkommen okay für uns, wenn du arbeiten gehst und bei Thekla bist. In einer Familie hält man immer zusammen, auch wenn es einmal schwierig wird, wir helfen einander – immer!", sie nahm seinen Kopf in ihre Hände und sah ihm tief in die Augen, „ich liebe dich", sie küsste ihn zärtlich.

„Ich liebe dich auch", er erwiderte den Kuss ebenso zärtlich. „Danke, dass du da bist!"

Als alle satt waren, räumte Carsten den Tisch ab und verstaute alles wieder ordnungsgemäß an seinem Platz, Rebecca spülte und verstaute anschließend das Geschirr, welches sie abgetrocknet hatte, im Schrank.

Da alle das Haus verlassen würden, gab Rebecca bekannt, dass sie heute einen Lese-Tag einlegen würde. Sie küsste ihren Mann zum Abschied, er erwiderte den Kuss, dann verließen er und die Kinder gemeinsam das Haus.

§ §

Zur gleichen Zeit saßen Konstantin und Sylvia im Townhouse mit den Kindern beim Frühstück.

„Was hast du heute so geplant, mein Sohn?", wollte Konstantin wissen.

Raul löffelte – genau wie Constanze-Finja –sein Mandel-Müsli mit Honig und trank dazu Milch, er trug eine dunkle Anzughose, ein hellblaues Hemd und dunkle Schuhe. Er antwortete: „Ich habe vor, mich heute mit ein paar alten Motorrad-Kumpels zu treffen und werde vermutlich erst morgen, am späten Abend, zurück sein. Wir treffen uns in Brandenburg, und ehrfahrungsgemäß halten wir es sehr lange miteinander aus!"

„In Ordnung. Das ist doch wunderbar!", fand Konstantin, „ich muss leider arbeiten, ich habe ein wichtiges Mandantengespräch. Es ist wirklich blöd, aber manche Mandanten haben eben nur am Wochenende Zeit! Dabei ist mir diese Zeit für die Familie immer so unheimlich wichtig!"

Sylvia hob bedauernd die Schultern und pflichtete ihm bei: „Mir ja auch! Aber ich habe einen Termin im Gefängnis – ich bin gespannt, wie das wird!"

„Ist nicht so schlimm, ich bin ja nachher auf dem Geburtstag!", verkündete Constanze-Finja, die sich sehr auf die Geburtstagsparty freute.

Die Frühstücksrunde löste sich auf, nach und nach verließen alle Familienmitglieder das Haus; Constanze-Finja nahm ihr Handy vom Ladegerät, steckte es in die Handtasche und sah noch ein wenig Fernsehen. Dann machte sie sich langsam auf den Weg zu ihrer Freundin. Sie schlenderte die Gassen entlang, an den Häusern und geschlossenen Geschäften vorbei. An einer Hausecke blieb sie stehen und überprüfte noch einmal, ob sie das Geschenk, ein Buch, auch eingesteckt hatte, ja tatsächlich, da war es. Sie hatte es gleich beim Kauf als Geschenk verpacken lassen. Constanze-Finja ließ sich nicht hetzen –sie hatte ja noch viel Zeit.

§ §

Das Treffen sollte um 12:00 Uhr stattfinden. Carsten saß bereits in dem Café, in dem er sich mit ihr und Sergio verabredet hatte. Er war lieber zu früh als zu spät an einem Treffpunkt. Von weitem erkannte er Sergios Gestalt, die sich auf ihn zu bewegte. Das Telefon hatte er wie immer griffbereit am Ohr. Er trug eine schwarze Anzughose, ein lachsfarbenes Hemd, eine schwarze Krawatte, ein schwarzes Jackett und schwarze Schuhe.

„Hallo Carsten!", grüßte Sergio ihn per Handschlag.

„Hallo Sergio!", Carsten erwiderte den Händedruck, „du siehst gut aus!"

In diesem Moment hielt ein schwarzes Auto vor dem Café. Eine Frau mit langen, braunen Haaren, braungebrannt, in einem schwarz-weißen Etuikleid, stieg aus und kam geradewegs auf die Männer zu. Ihre Augen waren hinter einer Sonnenbrille versteckt.

„Tamina, welch' Glanz", wurde sie von Sergio mit einer leichten Umarmung begrüßt, als sei es zwischen ihnen nie zu Unstimmigkeiten gekommen.

„Es freut mich auch sehr, hier zu sein und euch zu sehen", erwiderte sie.

Wie ein wahrer Gentleman rückte Sergio dann Tamina den Stuhl zurück und sie bestellten, als der Kellner am Tisch erschien: Sergio und Carsten nahmen jeweils einen Espresso Tamina wählte einen Latte Macchiato.

„Tamina, schön wie eh und je", schmeichelte Sergio, konnte dann aber seine Neugierde nicht länger verbergen. Er war schon ein wenig erstaunt, dass Carsten es geschafft hatte, Tamina aufzutreiben – was alle anderen nicht geschafft hatten, „erzähl doch mal ein bisschen von dir, wie ist es dir ergangen, aber vor allem, wer hat dir geholfen zu fliehen – und warum? Das würde mich interessieren!"

Tamina wechselte einen kurzen, aber vielsagenden Blick mit Carsten, der von Sergio natürlich keinesfalls unentdeckt blieb: „Ich wollte mich verändern, etwas Neues ausprobieren, einen neuen Job beginnen. Das ist manchmal die Forderung von neuen Lebensumständen!"

Sergio stützte sein Kinn in die Hand und lauschte ihren Worten, äußerlich unbewegt. Wieder registrierte er, als sie Carsten einen Blick zuwarf.

Bevor jemand etwas erwidern konnte, sprach sie rasch weiter: „Ich bin mithilfe eines Schleppers im LKW geflohen. Und dann habe ich mir ein neues Leben aufgebaut. Ein, naja, sagen wir, bürgerliches und seriöses Leben. Ich habe einen Mann kennen- und lieben gelernt. Ich wurde schwanger, aber mein Lebensgefährte ist leider kurz darauf verstorben", sie machte eine Pause und schluckte, hatte sich aber gleich wieder in der Gewalt, „jetzt habe ich eine süße Tochter. Ich habe bis kurz vor der Geburt gearbeitet, und danach relativ bald wieder."

Man sah Sergio an, dass er beeindruckt war, sein Misstrauen ließ er sich jedenfalls nicht anmerken.

Eine Pause entstand, die schließlich Tamina mit den Worten „Und worum geht es bei dem Auftrag genau?" beendete.

„Du sollst ein Kind entführen. Ich will Familie Mindl-Kirschstein in Angst versetzen und zerstören", begann Sergio leise.

„Und wir gehen über die Kleine an die Mutter – oder besser gesagt – an die Familie", warf Carsten ein.

„Der Plan ist brillant, so wie Carsten ihn sich ausgedacht hat", fuhr Sergio fort, „wenn es geht, ohne, dass das Kind dabei zu Schaden kommt; wenn doch, dann ist es eben so", meinte er lapidar.

In diesem Moment wurde Carsten einmal mehr deutlich bewusst, dass sein Chef weder ein Gewissen, noch Moral, geschweige denn Skrupel oder gar Schuldgefühle besaß. Und jeder der für ihn arbeitete wusste dies. Es war ihm tatsächlich egal, ob die Kleine zu Schaden kam. Für seine Rache würde Sergio alles tun, ohne Rücksicht auf Konsequenzen oder gar Verluste.

„Für die Zeit des Auftrags – ich habe mal zwei Tage inklusive den heutigen geschätzt – bekommst du natürlich eine Wohnung gestellt. Und keine Sorge, die Wohnung sieht natürlich bewohnt aus – ist ja klar", erläuterte Sergio.

„Ist gut. Einverstanden. Und die Vergütung?"

„Es wird eine Lösegeldforderung von *anonym* geben. Einen Brief mit der Forderung in Höhe von 120.000 Euro. Diese werden wir dann zu jeweils einem Drittel aufteilen. Das wäre dann auch eure Vergütung. Jeweils 40.000 Euro für jeden von uns, ich denke, das ist nur fair. Was meint ihr?"

„Der Meinung sind wir auch", stimmten beide zu. Sergio erklärte Tamina die genauen äußeren Umstände und sie willigte ein, den Auftrag nach Sergios Bedingungen auszuführen.

„Also wir lassen das Geld in einen Container werfen?", vergewisserte sich Tamina. „Und ich werde dafür sorgen, dass der kleinen nichts passiert".

„Genau. Es wird in einen Container geworfen!", stimmte Sergio zu, „Carsten wird dich jetzt zu deiner ‚Wohnung' begleiten. Ich hoffe, du hast deine privaten Lebensumstände für die Zwischenzeit geregelt und deine Tochter untergebracht."

Tamina bestätigte das. Sergio reichte Carsten einen Wohnungsschlüssel und nannte eine Berliner Adresse. Tamina erhob sich, und sofort standen auch die Männer auf. Eilfertig öffnete Carsten ihr die Autotür und beide verließen gemeinsam den Platz, während Sergio die Getränkerechnung übernahm.

§ §
§ § §

In Taminas Wagen steckte diese ihr iPhone an das Radio und ließ ihre selbst zusammengestellte Playlist der Band *Walking On Cars* abspielen, der erste Titel war *Tick Tock*.

„Ich hoffe, mein Musikgeschmack gefällt dir?", fragte sie Carsten.

„Ist ganz okay", fand dieser. Er wies ihr den Weg zu ihrer Dienstwohnung, eine halbe Stunde später waren sie angekommen. Die ganze Fahrt über hatten sie den

Klängen von *Walking On Cars* gelauscht, auch der Song *Speeding Cars* war darunter gewesen. Jetzt, so kurz vor dem Aussteigen, lief der Song *Flying High Falling Low*. Tamina parkte den Wagen und beide stiegen aus, um das Haus zu betreten. Es war eine große, helle, licht-durchflutete Neubau-Wohnung mit Parkett, schon voll möbliert. Die Räume waren stilvoll eingerichtet, aber dabei wirkten sie keinesfalls protzig, sondern eher mittelklassemäßig und durchaus auch familienfreundlich. Auf das weiße Sofa hatte Sergio beispielsweise einige Decken legen lassen und Zeitschriften lagen aufge-schlagen daneben. Außerdem gab es eine Stereoanlage mit CD-Player und USB-Anschluss für das iPhone, sowie einen Flachbildfernseher und einen Laptop.

„Alle Achtung! Sergio hat sich wahrlich nicht lumpen lassen", war Tamina angenehm überrascht. Sie gingen in die weiteren Räume. Im Schlafzimmer stand ein gro-ßes Bett und Kondome lagen auf dem Nachttisch, diese steckte Tamina sofort ein.

In der Küche stand benutztes Geschirr, als hätte gerade eben jemand den Raum verlassen. Sie öffnete den Kühl-schrank und rief erstaunt aus: „Sergio hat ja wirklich an alles gedacht", als sie den Champagner entdeckte. Sie warf Carsten einen vielsagenden Blick zu.

„Sergio ist eben sehr am Wohlbefinden seiner Mitarbei-ter interessiert", grinste Carsten und warf sich entspannt auf das Sofa. So machte der Job Spaß!

Tamina ließ sich neben ihm nieder; fuhr mit ihrer Hand an der Innenseite seiner Oberschenkel entlang, und er ließ es geschehen.

„Champagner?", fragte sie mit einem süffisanten Lächeln auf den Lippen.

„Ja, aber nur ein Glas!"

„Okay", sie holte die Flasche und hohe, stilvolle Champagnergläser, dann übernahm er, goss zuerst ihr hohes Champagnerglas voll, dann seines.

„Auf einen wunderbaren Tag!", meinte er vielsagend, und sie stimmte ihm zu. Sie stießen an, dann tranken sie, der Alkohol prickelte auf der Zunge. Tamina stand auf, das Glas in der Hand, und steckte ihr iPhone an das Radio; die Klänge von *Walking On Cars* durchströmten den Raum; gerade ertönte das Lied *Catch Me If You Can*.

„Hast du Hunger?", fragte sie ihn.

„Nein, also jedenfalls nicht in dem Sinne…", er trank einen Schluck Champagner.

Tamina führte ihr Glas zum Mund, über den Rand warf sie ihm einen verführerischen Blick zu. Aufreizend langsam stellte sie ihr Glas auf dem Tisch ab und kam wieder zu Carsten auf das Sofa, platzierte sich halb-sitzend und halb-liegend neben ihm; ihr Dekolleté und ihre Beine waren für Carsten gut sichtbar freigelegt. Carsten beobachtete sie aufmerksam; in der einen Hand hielt er das Champagnerglas, und während er sie nicht aus den Augen ließ, fuhr er mit seiner Hand ihre Beine hinunter. Ihr Atem ging schneller; zu gut konnte sie sich an die Leidenschaft der Vergangenheit erinnern.

Dann küsste er sie erregt, und sie erwiderte den Kuss ebenso innig. Schließlich hatten beide miteinander heißen und leidenschaftlichen Sex zu *Catch Me If You Can* von *Walking On Cars*, es harmonierte alles perfekt.

„So etwas Wunderbares hatte ich schon länger nicht mehr", stöhnte sie außer Atem und ließ sich aufs Sofakissen fallen.

„Tamina, du bist einfach wunderbar, das geht mir auch so", säuselte Carsten.

Sie blieben noch eine Weile so beieinander liegen, dann seufzte Carsten: „Komm, Süße, die Pflicht ruft!", und sie machten sich auf den Weg zu der Adresse von der Freundin des besagten Mädchens.

§ §

Etwas später – nachmittags

Der Kindergeburtstag von Anita war bereits so gut wie zu Ende. Zu Beginn hatten die Kinder ihre Geschenke abgegeben, die Anita mit Freude ausgepackt hatte. Über das Buch von Constanze-Finja war sie besonders froh gewesen. Dann hatten die Kinder gesungen, während Anita die Kerzen hatte auspusten müssen. Jetzt gab es Kuchen – Regenbogenkuchen – und alle Kinder schmatzten genüsslich. Dazu gab es heißen Kakao und zum Abschluss Pudding. Schließlich wurden auch noch einige der typischen Geburtstagsspiele gespielt, und die Kinder hatten dabei jede Menge Spaß. Nach und nach wurden die Kinder von ihren Eltern abgeholt, sodass nun auch Constanze-Finja sich verabschiedete und den Heimweg antreten wollte. Mittlerweile war es bereits 17:00 Uhr. Zum Abschied drückte sie Anita noch einmal und bedankte sich, indem sie beteuerte, wie schön die Party gewesen sei. Beide Mädchen umarmten sich, und nachdem ihr alle einen guten Heimweg gewünscht hatten, schlenderte sie los. Sie hatte es nicht eilig und blickte verträumt in der Gegend umher.

Tamina hatte die Spur des Mädchens aufgenommen und begann, ihr unauffällig zu folgen. Carsten dagegen hielt sich im Hintergrund, gut versteckt. Nahezu nicht sichtbar würde er alles beobachten, bis die Sache über die Bühne gegangen sein würde. Dann erst war er an der Reihe – er würde sich Sylvias annehmen.

Constanze-Finja bog um eine Hausecke und summte leise, fröhlich vor sich hin. Plötzlich trat eine Frau in einem schicken Kleid neben sie und setzte ihren Weg fort. Constanze-Finja blickte die Frau an, sie lächelte warmherzig.

„Du siehst aber hübsch aus", sagte die Frau.

„Danke, Sie auch…", setzte das Mädchen an.

„Du kannst mich ruhig duzen. Ich bin Tamina und wie heißt du?"

„Oh, Tamina, das ist ein schöner Name. Ich heiße Constanze-Finja", erklärte das Mädchen, „ich war gerade auf einer Geburtstags-Party bei meiner Freundin Anita, daher habe ich mich schick gemacht. Jetzt bin ich auf dem Weg nach Hause. Meine Eltern sind Anwälte, sie heißen Konstantin und Sylvia Mindl-Kirschstein."

„Ach! Sylvia und Konstantin! Ich kenne deine Mutter von der Schule. Hast du Lust auf einen Kakao oder ein Eis bei mir zu Hause?", fragte Tamina.

„Oh ja!", freute sich die Kleine und sie machten sich auf den Weg zu Taminas Dienstwohnung.

Carsten hatte alles aus sicherer Entfernung beobachtet. Als Tamina ihm ein verabredetes Zeichen gab, machte er sich ebenfalls auf den Weg zu seiner Dienstwohnung. Zeitgleich unterrichtete er Sergio. Dann tippte er den Erpresserbrief mit der Lösegeldforderung und machte sich auf den Weg, ihn selbst einzuwerfen – bei alldem trug er natürlich schwarze Lederhandschuhe und beseitigte alle Spuren sehr sorgfältig.

§ §
§ § §

Sylvias Mandant entpuppte sich als besonders harter Fall, stur, uneinsichtig und beratungsresistent. Stunden verbrachte sie damit, den Mann, der wegen gefährlicher Körperverletzung einsaß, von ihrer Verteidigungsstrategie für den Prozess zu überzeugen. Er vertraute ihr einfach nicht, und die erfahrene Anwältin wusste nun bald wirklich nicht mehr, wie sie das ändern sollte.

„Bitte, vertrauen Sie mir, sonst kann ich Ihnen nicht helfen!", entgegnete sie schärfer, als sie es beabsichtigt hatte.

Doch stattdessen erhob der Mann sich, kam auf Sylvia zu – irgendwie beschlich sie ein ungutes Gefühl, ihre Nackenhaare stellten sich auf und tatsächlich trog sie ihr Gefühl nicht. Der Mann zog ein Messer, welches vermutlich von einem vorherigen Besucher unbemerkt ins Gefängnis geschmuggelt worden war! Ehe ein Beamter reagieren konnte, zog er das Messer am linken Oberarm seiner Verteidigerin entlang und verletzte sie. Sylvia schrie auf, vor Schmerz, Wut und Empörung! Und da stürmte ihr bereits ein Beamter zu Hilfe!

Unter starken Schmerzen erstattete sie Anzeige wegen gefährlicher Körperverletzung und sagte ihrem Mandanten, dass sie sich nicht mehr in der Lage sähe, seine Verteidigung zu übernehmen. Er würde einen anderen Pflichtverteidiger gestellt bekommen, während Sylvia von den Beamten anschließend in das nächstgelegene Krankenhaus gebracht wurde.

§ §

Konstantin war derweil mit seinem Mandantengespräch beschäftigt. Dieses lief sowohl für ihn, als auch für seinen Mandanten sehr erfreulich – sie verstanden sich ausgezeichnet.

Nach diesem erfreulichen Gespräch beschloss er, wieder in die Kanzlei zu fahren. Auf dem Weg zum Auto checkte er sein Handy – vier entgangene Anrufe, dreimal Raul und eine ihm nicht bekannte Nummer.

Merkwürdig, dachte er. Ein ungutes Gefühl beschlich ihn, ihm war mulmig zumute. Zuerst wählte er die ihm unbekannte Nummer. Nachdem dort niemand zu erreichen war, rief er bei Raul an, doch auch dort hob niemand ab, und Konstantin blieb ratlos und hilflos zugleich zurück.

§ §

Einer der Sanitäter hatte versucht, Konstantin oder Raul zu erreichen – aber vergebens. Im Krankenhaus angekommen, wurde Sylvias Wunde genäht.

Nach kurzer Erholungspause kam der behandelnde Arzt ins Zimmer. Das Schild an seinem Arztkittel wies ihn als Dr. Norbert Michelberger aus.

„Wie geht es Ihnen, Frau Mindl-Kirschstein?"

„Ich bin noch ein bisschen schlapp. Aber ich kann nicht länger hier bleiben. Wissen Sie, ich habe wichtige…"

In diesem Moment öffnete sich die Tür und Konstantin trat hinzu. Nachdem die Dame am Empfang des Krankenhauses ihn endlich erreicht hatte, hatte sie ihm mitgeteilt, dass auf seine Frau eingestochen wurde und ihn gebeten, sofort ins Krankenhaus zu kommen.

„Hey, Sylvia. Du hast mich ganz schön erschreckt! Wie furchtbar!"

Sylvia berichtet ihrem Mann nun genau, was geschehen war.

Konstantin hielt ihre Hand und hörte ihren Bericht mit wachsendem Schrecken. Schließlich erwiderte er: „Ich bin froh, dass du glücklicherweise nur am Arm verletzt bist und auch sofort Anzeige gegen diesen Kerl erstattet und das Mandat niedergelegt hast", meinte er dann, sein sorgenvoller Blick traf ihr Gesicht.

„Es war schrecklich, und ich bin einfach nur unendlich froh, dass du jetzt bei mir bist. Und das ein anderer Kollege sich jetzt mit diesem Kerl herumschlagen muss", sagte sie geschwächt und küsste Konstantin. Er erwiderte den Kuss und nahm sie vorsichtig in den Arm.

„Kann ich nach Hause?", wandte sich Sylvia nun an den Arzt, der noch immer im Zimmer stand und sein Klemmbrett unter dem Arm festhielt.

„Nur auf eigene Verantwortung!" meinte er.

„Dann holen Sie bitte so eine Erklärung zum Unterschreiben und machen Sie meine Entlassungspapiere fertig, danke!"

„Gut, wie Sie wünschen!", der Arzt entfernte sich.

Sylvia begegnete Konstantins mahnendem Blick und sagte deshalb eilig: „Keine Sorge, ich ruhe mich schon aus, aber nicht hier, sondern zuhause."

„Na schön, wie du möchtest", begeistert klang Konstantin nicht.

Nachdem endlich die Entlassungspapiere und ein Rezept für Schmerztabletten fertig waren, fuhren Konstantin und Sylvia gemeinsam nach Hause.

§§§§§§§§§§§§§§§§§§§§§§§§§§§§
§§§

Tamina und Constanze-Finja hatten Musik gehört, Kakao getrunken und Eis gegessen. Um die Zeit zu vertreiben, hatte Tamina das Kinderprogramm im Fernsehen eingeschaltet. Constanze-Finja hatte sich dann gewünscht, Kekse zu essen, und Tamina war froh, dass das kleine Mädchen nicht bemerkt hatte, wie sie zunächst ratlos hatte suchen müssen, ob Sergio in der Wohnung welche deponiert hatte. Er hatte – das war nochmal gut gegangen. Constanze-Finja und sie hatten viel geredet und noch mehr gelacht.

Langsam wurde die Kleine müde, die Zeit verging – und Tamina war etwas verwundert, dass sich weder Carsten, noch Sergio wegen der Lösegeldforderung bei ihr gemeldet hatten.

Hoffentlich geht alles gut, dachte sie und konzentrierte sich weiter auf Constanze-Finja. Sie hatte dem Mädchen erzählt, sie habe mit ihren Eltern telefoniert und diese hatten gesagt, dass Constanze-Finja heute Abend bei ihr schlafen durfte. Für das Mädchen war das ein spannendes Abenteuer.

§§§§§§§§§§§§§§§§§§§§§§§§§§§§
§§§

Konstantin und Sylvia waren mittlerweile zuhause angekommen. Es wurde langsam Abend.

Als Sylvia das Wohnzimmer betrat, saß Konstantin bereits mit einem Drink auf dem Sofa. Sie gesellte sich dazu und nippte an dem Glas. Beide waren total erledigt, müde und einfach fertig. Die Strapazen des Tages machten sich bemerkbar.

„Hast du eigentlich nach Post geguckt?" stand Sylvia dann schon wieder auf.

Konstantin gab zu, dies im Trubel des Tages – der Angriff auf seine Frau und die bange Fahrt ins Krankenhaus – völlig vergessen zu haben.

Während sie schon auf dem Weg zur Tür war, horchte sie auf, als Konstatin, die Stirn runzelnd, sagte: „Merkwürdig, dass unsere Prinzessin immer noch nicht hier ist...Ich dachte, vielleicht hat Raul sie abgeholt."

„Ich mache mir auch Sorgen", gab Sylvia zu.

„Ich versuche es mal auf ihrem Handy..."

„Mach das", erwiderte Sylvia und ging hinaus zum Briefkasten.

§ §
§ § §

Innerlich empfand Carsten ein wunderbares Glücksgefühl. Er hatte die besagte Forderung in den Briefkasten der Mindl-Kirschsteins geworfen und danach die Lederhandschuhe in seiner hinteren Hosentasche verschwinden lassen.

Da trat tatsächlich Sylvia vor die Haustür. Als sie ihn erblickte, war sie erfreut: „Hey, Carsten. Was machst du denn hier draußen?"

„Ach, ich wollte ein bisschen frische Luft schnappen. Und du schaust nach der Post?"

„Verstehe. Ja, genau", sie lächelte ihn an, „gut siehst du aus."

„Danke, dieses Kompliment kann ich nur zurückgeben", er lächelte, wie immer sehr charmant. Sofort stellte sich bei Sylvia wieder dieses wohlig warme Gefühl der Vertrautheit ein – als würde sie Carsten schon ewig kennen.

Sylvia öffnete den Briefkasten und entnahm ihm die Reklameblätter, den Kirchenboten und einen Umschlag, der ganz zuoberst lag.

„Was ist denn mit deinem Arm passiert?", fragte er mit scheinbar sorgenvollem Gesichtsausdruck und deutete auf den Verband an ihrem Arm.

„Ein Mandant hat mich mit einem Messer verletzt. Es war die Hölle", sie erzählte ihm genau, wie sich alles zugetragen hatte. Dann fiel ihr Blick auf den Stapel Post in ihrer Hand. Der oberste Brief trug keinen Poststempel; jemand musste ihn per Hand eingeworfen haben.

Merkwürdig, dachte sie.

„Etwas Wichtiges?", fragte Carsten gespielt neugierig mit Blick auf dem Brief in ihrer Hand.

„Das werde ich gleich wissen!", sagte sie. Sie öffnete und las den Brief. Auf weißem Papier stand in schwarzen Druck- Lettern folgendes geschrieben:

WIR HABEN IHRE TOCHTER,
KIRSCHSTEIN!!!

KEINE POLIZEI!!!

WERFEN SIE UM 21 UHR 120.000 EURO IN...

Der Rest verschwamm vor ihren Augen, und die Tränen liefen über ihre Wangen. Sie begann sowohl innerlich, als auch äußerlich zu zittern.

„Sylvia, hey, was ist denn los?", fragte Carsten mit gespielter Besorgnis.

In diesem Moment trat Konstantin zu ihnen hinaus. Nachdem Sylvia ihm gebeichtet hatte, dass sie ihn mit diesem Carsten betrogen hatte, war er auf den Nachbarn nicht gut zu sprechen – doch diesen Gedanken verwarf er sofort wieder, als er den Gesichtsausdruck seiner Frau registrierte: Irgendetwas stimmte hier nicht. Er wollte sie gerade fragen, was los sei, als sein Blick auf den Brief fiel.

Er nahm ihr das Papier aus der Hand, las den Brief, dann sprach er gepresst, aber in sachlichem Ton: „Wir sollten die Polizei einschalten, ich kenne den Polizeipräsidenten, er muss etwas tun... Ich habe Kontakte zu allen möglichen Menschen... Ein Anruf und...", er versuchte, Sylvia dadurch Mut zu machen und sich selbst nicht der sich in ihm ausbreitenden Machtlosigkeit hinzugeben, was ihm aber nur mäßig gelang.

Dich hat jetzt eigentlich niemand nach deiner Meinung gefragt, Anwalt, dachte Carsten ärgerlich.

„Nichts da, wir zahlen. Genauso, wie die Entführer es verlangen, und basta!", hielt Sylvia schwach dagegen, sie war komplett fertig. Bitterlich begann sie zu schluchzen, bis sie kaum noch atmen konnte. Ehe Carsten etwas tun, geschweige denn eingreifen konnte, war Konstantin zur Stelle: Er zog Sylvia in seine Arme und lehnte ihren Kopf an seine Brust. Den einen Arm um ihren Körper gelegt, hielt er sie an sich gedrückt, strich ihr sanft über den Rücken und wollte sie damit beruhigen.

„Es wird alles wieder gut...ich fühle das!", meinte er.

Doch Sylvia konnte auch in seiner Stimme die Angst deutlich hören. *Etwas von der alten Vertraut- und Geborgenheit zwischen Konstantin und ihr war immer noch da. Man konnte die gemeinsamen Jahre nicht einfach vergessen – zu lange waren die beiden zusammen. Er gab ihr immer noch Halt, war ihr eine Stütze. Sie halfen und ergänzten sich, wenn es darauf ankam, doch immer noch beide perfekt.* Sie war nicht in der Lage, seinen Worten etwas entgegenzusetzen, sie weinte nur. Aber Konstantin tat ihr gerade jetzt unwahrscheinlich gut, sie war unglaublich froh, ihn an ihrer Seite zu haben.

Konstantin und Sylvia hatten schon einiges zusammen durchgemacht. In ihrem Leben hatte es gute und schlechte Momente gegeben, sie hatten viele Freunde, und noch viel mehr Feinde – ob es verärgerte Mandanten oder Leute waren, denen sie in der Vergangenheit einmal auf die Füße getreten waren. Aber sie hatten alles gemeinsam durchgestanden und gaben sich immer gegenseitig eine Stütze, Halt und Kraft. Sie waren immer füreinander da und standen auch immer für einander ein – das liebten sie beide jeweils so sehr am anderen. Und sie waren sicher, alle guten und schlechten Momente, die sie bereits miteinander durchgestanden hatten, und auch diejenigen, die sie noch gemeinsam durchstehen würden, würden irgendwann eine wunderbare Ansammlung an wunderschönen, aber auch sehr schmerzhaften Erinnerungen geworden sein. Aber es würden ihre *Erinnerungen sein und die konnte ihnen dann auch keiner mehr nehmen. Außerdem galt für Sylvia nach wie vor der Grundsatz: Nur Erinnerungen machen dein Leben zu dem, was es ist und einzigartig, nur Erinnerungen machen dich zu dem, was du bist!*

Und Carsten – Carsten weinte nicht – nein ganz im Gegenteil, Carsten kochte, und zwar vor Wut. *Warum muss sich dieser Anwalt... Konstantin – so einmischen und uns in unseren Plan funken?!*, dachte er verärgert.

Konstantin zog Sylvia nach drinnen, was sie widerstandslos über sich ergehen ließ. Wie selbstverständlich war Carsten hinter den beiden ins Haus getreten. Er war sich sicher, dass Sergio das ganze Szenario gerade über den Watchmen beobachtete und ebenso verärgert war wie er selbst. Alles war nach Plan verlaufen, er wäre draußen mit Sylvia allein gewesen und hätte den Helden und den Seelentröster spielen können – aber nein, da musste Konstantin auftauchen!

Der hatte natürlich keine Ahnung davon, was hinter der Stirn seines vermeintlichen Nachbarn vor sich ging. Er holte das Geld aus dem Safe und packte es in eine große Tüte.

„Ich würde vorschlagen, wir bringen das Geld wie vereinbart zum Übergabeort. Soll ich mitkommen?", bot Carsten scheinbar seine Hilfe an, „es geht schließlich um Ihre Tochter und ich möchte nur helfen…", wandte er sich an Konstantin.

„Ja, warum nicht", meinte Konstantin, die Sorge um Constanze-Finja ließ seine Bedenken wegen Carsten beinahe völlig nichtig werden und in den Hintergrund treten. Carsten triumphierte innerlich und er wusste, dass Sergio dies nun auch tat. Wenn Konstantin nun auch noch anfing, ihm zu vertrauen, wurde der Plan noch besser – und Sergios Rache noch grausamer werden. Carsten wusste – so gut kannte er seinen Chef nun schon – dass auch er gerade mehr als zufrieden sein musste.

„Möchten Sie ein Wasser, einen Cognac oder lieber einen Espresso? Ach ja, Whisky hätten wir auch noch", zählte Konstantin für Carsten auf.

„Lieber einen Espresso, bitte", entschied sich Carsten für die dunkle Brühe; er war der Meinung es sei besser, einen klaren Kopf zu behalten.

Konstantin erhob sich, um das Getränk im Vollautomaten zuzubereiten, und als es fertig war, stellte er Carsten die kleine Tasse mit den Worten „Hier, bitteschön" hin. Carsten bedankte sich höflich und nippte, trank einen kleinen Schluck.

„Es wird schon alles gut gehen", gab er sich optimistisch, doch keiner erwiderte etwas. Die Stille im Raum war fast greifbar. Konstantin stellte sich ans Fenster und starrte blicklos durch die Scheiben in die Dunkelheit; Sylvia saß auf dem Sofa und spielte mechanisch mit den Fransen der Wolldecke. Fast überlaut war das Ticken der Wanduhr zu hören. Immer wieder blickte Sylvia auf, um dann wieder in das stumme, sinnlose Bewegen ihrer Finger an der Wolldecke zu verfallen.

Dann war es soweit. Es war kurz vor 21 Uhr, die Übergabe sollte in Kürze vonstattengehen. Nervös sprang Sylvia auf; ihr Körper schien die letzten Energie-Reserven aufzubieten. Konstantin wirkte äußerlich weiterhin ruhig, doch wer ihn genau ansah, entdeckte seine zuckenden Wangenmuskeln, mit denen er die Zähne zusammenbiss.

Alle drei waren mit dem Geld, das Konstantin in eine Tüte gepackt und mitgenommen hatte, zum in der Forderung genannten Übergabeort gefahren. Ein menschenleeres, kahles und verlassenes Waldstück außerhalb Berlins. Hier gab es nichts außer kahlen Bäumen, Laub, Ästen, Steinen und etwas Moos – naja, nicht ganz: Ein einsamer Container stand am Wegesrand und wartete darauf, befüllt zu werden.

„Hier muss wohl das Lösegeld hineingeworfen werden", meinte Carsten mit prüfendem Blick auf den eisernen Container.

„Und Constanze-Finja, wo ist Constanze-Finja? Wo ist meine Tochter?!", schrie Sylvia so laut, dass ihr Schrei durch den Wald hallte. Sylvia trug einen lindgrünen, leichten Mantel. Konstantin hingegen trug einen beigen Mantel, ebenso Carsten.

„Sie werden bestimmt noch mit ihr auftauchen, also die Entführer, meine ich. Oder es ist alles ein Missverständnis und Constanze-Finja ist mittlerweile längst zu Hause", versuchte Carsten scheinbar Mut zu verbreiten.

„Er hat Recht, Sylvia! Sie werden noch auftauchen", stimmte sogar Konstantin Carsten jetzt zu, „davon bin ich überzeugt!", bekräftigte er noch einmal.

Sylvia nickte den beiden nur schwach zu, wandte dann jedoch ein: „Aber warum nimmt sie dann ihr Handy nicht ab?!"

„Dann warten wir hier noch. Vielleicht ist ihr Akku leer", meinte Carsten.

Wieder schloss sich ihm Konstantin an: „Der Meinung bin ich auch!"

Niemandem fiel dabei auf, dass in dem Fall die Meldung kommen müsste, der gewünschte Teilnehmer sei nicht erreichbar…

Carsten gefiel es, dass Konstantin sich ihm immer mehr öffnete. So würde er sein Vertrauen gewinnen und seiner Familie und ihm später Schmerzen zufügen können. Sadistisch lachte er in sich hinein.

§ §
§ § §

Constanze-Finja und Tamina spielten gerade ein Brettspiel. Die Kleine gewann bereits zum fünften Mal und hatte nur dreimal verloren.

„Was hältst du davon, wenn wir jetzt zu Bett gehen?", fragte Tamina um 22:30 Uhr.

„Gute Idee", gähnte das Mädchen.

„Und wegen deinen Eltern mache dir keine Sorgen. Ich habe ja bereits mit deiner Mutter telefoniert. Sie hat heute einen wichtigen Termin. Ich bringe dich morgen nach Hause, dann erklären wir ihnen alles. Du musst mir dann aber erzählen, wo du wohnst, ok?", fragte Tamina lachend, „das habe ich nämlich vergessen, deine Mutter zu fragen."

Das Mädchen überlegte kurz, dann sagte sie leichthin „Ok" und sie spielten noch eine Runde. Dann brachte Tamina sie liebevoll lächelnd ins Bett.

§ §
§ § §

Carstens Handy vibrierte. Innerlich fluchte er. Wie sollte er jetzt unauffällig diese Nachricht lesen?

Die drei standen noch immer im Wald. Sylvia lehnte seitlich an einem mit Moos bewachsenem Baum und weinte stumme Tränen. Durch das Moos war ihre Handinnenfläche schmutzig, aber das störte sie nicht. Carsten täuschte vor, er müsse sich erleichtern. Er stellte sich hinter einen sehr hohen Busch und las die SMS, in der folgendes stand:

Mit Tamina ist alles abgesprochen, sie wird die Kleine erst morgen früh zu ihren Eltern zurückbringen, heil. Das Geld nehme ich an mich, wir werden es dann morgen am Nachmittag aufteilen. Du wirst dich bitte weiter um Sylvia kümmern, gerne auch die ganze Nacht, Sergio.

Er schrieb an Sergio, das Geld sei bereits im Container! Dann ging er zu den Eheleuten zurück. Mittlerweile waren zweieinhalb Stunden vergangen und die Hoffnung, dass der bzw. die Entführer noch auftauchten, war mit jeder Minute, die vergangen war, geschwunden.

Plötzlich sank Sylvia an dem Baum zu Boden und Carsten war als Erster zur Stelle. Er fing sie auf und hielt sie fest. Konstantin stürzte ebenfalls herbei und umfasste sie auf der anderen Seite mit seinem Arm. Gemeinsam führten die Männer sie zum Wagen, wo sie sich weinend auf dem Rücksitz niederließ.

„Liebling, es hat keinen Zweck mehr zu warten! Lass uns fahren und die Polizei informieren!", bat Konstantin beinahe flehend.

„Was ist, wenn Sie Ihre Tochter dadurch nur noch mehr in Gefahr bringen?", gab Carsten scheinbar besorgt zu bedenken.

„Carsten hat Recht!", pflichtete Sylvia ihm schluchzend bei, und Konstantin gab sich kraftlos geschlagen. Er half seiner Frau, den Sicherheitsgurt anzulegen, so dass er nicht bemerkte, dass ein dunkel gekleideter Mann mit Sonnenbrille und Kappe an den Container trat. In der Dunkelheit war diese Gestalt überhaupt nicht auszumachen gewesen. Der Mann öffnete leise den Container, den sie vorher extra hierfür präpariert hatten, und entnahm den Beutel mit dem Geld.

Währenddessen startete Konstantin den Motor und alle drei fuhren gemeinsam zu Konstantin und Sylvia nach Hause.

§ §
§ § §

Es war beinahe Mitternacht, als sie ankamen. Um die Stille zu vertreiben, schaltete Konstantin das Radio an, wo das Lied: *Into The Fire* von *Thirteen Senses* gerade zu Ende ging. Mit heiterer Stimme, die in der momentanen Situation geradezu grotesk wirkte, kündigte die Moderatorin das folgende Lied an: *Save You* von *Turin Brakes*.

Als wäre der Titel ein Omen, fing Sylvia jetzt so heftig an zu schluchzen, dass sie keine Luft mehr bekam. Mit Mühe schaffte sie es zum Sofa; Konstantin und Carsten nahmen links und rechts neben ihr Platz; Carsten hielt sie im Arm. Auch wenn Konstantin das nicht gefiel, spürte er, das Carsten Sylvia in diesem Moment gut tat. Es fiel ihm schwer, das zuzugeben, aber er war selbst völlig fertig, weil ihn die Gedanken an seine Tochter quälten: *War sie lebendig oder tot? Oder eingesperrt in einem Verlies?* Er zwang sich, nicht weiter zu denken, er musste einfach glauben, dass sie am Leben war – und genau wegen diesen Gedanken war er froh, dass Carsten da war.

Sylvia weinte und weinte und weinte, während die beiden Männer sie zu beruhigen versuchten. Sie fühlte sich furchtbar! *Was, wenn sie ihre kleine Constanze-Finja, die sie neun Monate im Bauch getragen hatte, nie mehr wieder kommen würde? Sie würde zerbrechen, sterben. Das hielt sie nicht aus. Das war schlimmer als jede Folter.*

Es war wenige Minuten vor Mitternacht, als Sylvia kaum noch Luft bekam und vor lauter Weinen und Erschöpfung endlich einschlief, auf dem Sofa zwischen Konstantin und Carsten. Ihr Schluchzen verstummte, aber auch im Schlaf wurde ihr Körper noch von den inneren Krämpfen geschüttelt.

Mit einem Nicken verständigten sich die beiden über Sylvias Körper hinweg, dann standen sie vorsichtig auf und legten Sylvias Beine aufs Sofa. Carsten griff nach der Decke, an deren Fransen Sylvia Stunden zuvor – es schien eine Ewigkeit her zu sein – unruhig genestelt hatte, und deckte sie zu.

Konstantin nahm am Fußende des Sofas und Carsten im Sessel Platz. Beide Männer beobachteten Sylvia beim Schlafen. Auch Konstantin machte sich Sorgen um seine über alles geliebte Prinzessin. *Die Vorstellung, dass man den leblosen Körper seiner Tochter irgendwo finden könnte, brachte ihn beinahe um. Sofort hatte er Bilder von Mordopfern und alten Mordfällen, in denen er Mandanten vertreten hatte, vor Augen. Leblose Körper und...* Er zwang sich den Gedanken nicht zu Ende zu denken. Wie auch immer das mit Sylvia ausgehen würde, wenn er sie und auch noch seine geliebte Tochter verlieren würde, dann... das ertrug er einfach nicht!

Die Wanduhr zeigte 05:00 Uhr in der Früh. Diese Nacht war die schrecklichste gewesen, seit Sylvia denken konnte. Von Kummer übermannt, war sie zwar gegen Mitternacht eingeschlafen, doch erholsam war der Schlaf keineswegs gewesen. Immer wieder war sie aufgeschreckt. Und auch jetzt, als sie wieder erwachte, merkte sie, dass sie sich in einer unbequemen Position, halb sitzend – halb liegend – auf dem Sofa befand. Konstantin, am Fußende des Sofas, war auch endlich eingeschlafen. Carsten dagegen, der im Sessel Platz genommen hatte, war genau wie sie wach.

Sylvia stöhnte leise und setzte sich auf. Sie rieb sich die Augen und flüsterte dann: „Wollen wir in die Küche gehen? Dort können wir uns wenigstens leise unterhalten – ich möchte Konstantin nicht wecken."

„Sicher", Carsten folgte ihr.

In der Küche nahm er an dem großen Holztisch Platz; Sylvia schien jeder Schritt schwer zu fallen. Sie ließ sich gegenüber von Carsten auf den Stuhl fallen und stützte den Kopf in die Hände.

Dann schienen ihr die Gastgeber-Pflichten und ihr gutes Benehmen einzufallen, denn sie hob den Kopf und fragte: „Möchtest du etwas trinken?"

„Ja, gerne. Ein Mineralwasser bitte", bat Carsten, er war der Meinung, es sei jetzt besser, einen klaren Kopf zu behalten.

Sylvia erhob sich mühevoll und ging zum Kühlschrank, der ein integriertes Eiswürfelfach hatte. Sie holte die Mineralwasserflasche heraus und füllte zwei Gläser mit der Flüssigkeit, um die Flasche anschließend wieder in den Kühlschrank zu räumen.

„Hier, bittschön!", mit tonloser Stimme stellte sie ein gefülltes Glas vor ihm auf den Tisch, das andere vor sich selbst. Dann setzte sie sich wieder ihm gegenüber, trank einen Schluck und legte dann den Kopf schief.

„Warum so nachdenklich? Denkst du an deine Tochter? Machst du dir Sorgen?", fragte Carsten mitfühlend. Dabei beobachtete er unauffällig Sylvias Regungen, ihre Gestik und ihre Mimik. Ihm entging nichts, nicht ein Zucken, wenn es auch noch so klein war. Seine Hand berührte ihre und sie ließ es zu.

„Natürlich denke ich an Constanze-Finja. Und ich denke über mein Leben nach, darüber was ich getan habe und wie es verlaufen ist... Und immer wieder an Constanze-Finja. Weißt du, es ist furchtbar, wenn das eigene Kind verschwindet...", sie schluckte, dann fuhr sie fort, „und Konstantin...", doch sie stockte wieder.

„Was meinst du genau damit? Bereust du rückblickend etwas, was du getan hast – oder eben gerade nicht getan hast?", wollte Carsten einfühlsam wissen. Seine Hand ruhte immer noch auf ihrer.

„So pauschal nein... So kann ich das nicht sagen. Aber weißt du, wir haben uns sehr geliebt, dann geheiratet, ein Kind bekommen, und ich musste immer funktionieren. Auf Pressefotos schön lächeln, so ist das eben, wenn man einen Staranwalt heiratet."

„Wusstest du das vorher? Was ist schlecht daran?"

„Ja, in gewisser Weise wusste ich, worauf ich mich einlasse. Denn Konstantin ist ein einflussreicher Anwalt, den man besser nicht zum Feind hat. Er kämpft für alle seine Ziele, auch wenn die Wahl seiner Mittel manchmal fragwürdig ist. Und er kämpft vor allem für die Familie."

„Aber?", hakte Carsten einfühlsam nach.

„Ich weiß nicht recht. Vielleicht fehlen mir einfach ein bisschen Freiheit und das Gefühl, nicht immer perfekt sein zu müssen", gab sie nun zu.

Innerlich war er hocherfreut, dies zu hören. Die Ehe war angeknackst. Er würde lediglich nachhelfen und ihr den endgültigen Todesstoß versetzen. Es ging hier nicht um eine Affäre, um einen Seitensprung – dass Sylvia schon mehrmals mit ihm geschlafen hatte, war für ihn nicht von Bedeutung, aber er würde Sylvia am Ende einige quälend schmerzhafte Erinnerungen hinterlassen.

Sie hatten beide ausgetrunken.

„Was hältst du davon, wenn wir ein wenig spazieren gehen? Ich denke das bringt uns beide auf andere Gedanken?", schlug Carsten verständnisvoll vor.

„Warum nicht? Und so stören wir wenigstens Konstantin nicht", fand Sylvia.

„Dann los", Carsten zog seinen dünnen, beigen Mantel an – und Sylvia ebenfalls ihren lindgrünen. Er folgte ihr hinaus, und sie liefen nebeneinander in Richtung Wald.

§ §
§ § §

Im Waldgebiet angekommen, schlenderten sie über feuchtes Laub und genossen die leicht kühle, angenehme Luft. Carsten nahm wieder ihre Hand.

„Ich mache mir große Vorwürfe. Wenn Constanze-Finja etwas passiert, würde ich mir das nie verzeihen", begann Sylvia unwillkürlich wieder zu schluchzen. Sie war verzweifelt, „was... Was ist, wenn sie tot ist? Oder gefangen in einem dreckigen Verließ?", sprach sie ihre Gedanken schluchzend weiter aus.

„Hey... Hey, so etwas darfst du nicht denken", Carsten nahm sie in den Arm und hielt sie einfach fest. Und sie ließ es geschehen. Carsten grinste sadistisch, während der über ihre Schulter in den Wald blickte. Er war seinem Ziel ein weiteres, großes Stück näher gekommen.

§ §
§ § §

Konstantin hatte seit langem nicht mehr so furchtbar geschlafen wie in dieser Nacht. Wieso saß er überhaupt auf dem Sofa und war nicht im Bett? Er erhob sich und lief im Haus umher. Der erste Weg führte ihn ins Kinderzimmer. Völlig verdattert stand er vor dem leeren

Bett seiner kleinen Tochter. Es war die Gewohnheit, die ihn hierher trieb.

Schlagartig kam die Erinnerung zurück. Er spürte, wie ihn die Gefühle der Ohnmacht und Trauer übermannten. Er musste etwas tun – sonst würde er verrückt werden. Er rief zuerst nach Sylvia. Wo war seine Frau? Dann fiel ihm ein, dass dieser neue Nachbar, Carsten, auch mit im Haus gewesen war. Er rief nach Carsten – doch es ertönte keine Antwort. Sylvia war also offenbar mit diesem Carsten weg – so hatte es jedenfalls den Anschein. Und Raul? Wo steckte eigentlich sein Sohn? Raul war offenbar auch noch auf dem Treffen mit seinen Motorrad-Kumpels. Das Unbehagen wuchs in Konstantin. Er beschloss, einige Fallakten von Mandanten und deren Strafsachen durchzuarbeiten, um nicht vollkommen wahnsinnig zu werden.

§ §
§ § §

Rauls gestriger Abend und heutiger Morgen waren entspannt gewesen. Die Motorrad-Kumpels – Raul, Nick, Ricky und Alexa (Alexa war Rickys Frau, sie war neu bei der Motorrad-Bande und ziemlich unerfahren, was Motorräder anging) – trafen sich mit den Motorrädern in einer alten Garage von Rickys verstorbenem Opa. Aufgrund von Alexas mangelnder Erfahrung fuhr sie bei Ricky auf dem hinteren Motorradsitz mit. Natürlich trug sie die gewohnte Schutzbekleidung und einen Motorrad-Helm, wie jeder andere auch. Die Stimmung war ausgelassen und fröhlich. Sie drehten einige Runden mit ihren Motorrädern.

Bei einer Rast in einer alten Holzhütte saßen sie auf abgesägten Baumstümpfen und tranken die Cola, die Alexa in einem Rucksack mitgebracht hatte, aus Plastikbechern, die sie ebenfalls dabei hatte. Sie plauderten über alte Zeiten, als sie früher mit ihren Motorrädern unterwegs waren und dabei meist immer ein Date mit nach Hause gebracht hatten. Dann erzählte jeder, wie es ihm in der Zwischenzeit ergangen war. Als Raul erzählte, dass seine Eltern gestorben waren und dass er nach deren Tod erfahren hatte, dass sein Vater gar nicht sein Vater war, waren alle erstaunt. Aber als er dann noch erzählte, *wer* sein leiblicher Vater war, waren sie für einen kurzen Moment sprachlos. Dann fielen Sätze wie: „Ist ja krass, einen Staranwalt als Vater zu haben!" Oder aber auch: „Ich hab mal gelesen, der kämpft mit allen Mitteln für seine Familie." Oder: „Cool, seine Hochzeit mit dieser… ich glaub, sie hieß Sylvia, ging ja groß durch die Presse mit dem Untertitel: *Eine ganz besondere Liebe*".

Früh an diesem Morgen hatte er sich auf den Heimweg gemacht. Gegen kurz vor 08:00 Uhr an diesem Morgen war Raul schließlich zu Hause bei seinem Vater eingetroffen.

08:18 Uhr

Konstantin hatte die dritte Tasse Espresso vor sich stehen. Obwohl ihm heute die heiße, schwarze Brühe gar nicht schmeckte… Heute schmeckte alles irgendwie lau, irgendwie fad. Nicht einmal etwas gegessen hatte er. Irgendwann hatte ihn das Bearbeiten der Fallakten auch wahnsinnig gemacht, denn es konnte die Sorge um seine kleine Tochter weder verdrängen, noch überdecken – nichts konnte das! Das einzige, was er damit versucht hatte, war, sich vorzumachen, dass alles in Ordnung war –aber nicht einmal diese Illusion konnte er aufrecht halten!

„Dad, deine wievielte Tasse ist das jetzt?", fragte Raul, der sich gegenüber von seinem Vater auf einem Hocker am Tresen niedergelassen hatte.

„Die zweite – die vierte. Keine Ahnung", Konstantin zuckte mit den Schultern und stierte in die mittlerweile leere, kleine Porzellantasse in seinen Händen.

„Hast du schon etwas gegessen, Dad?"

Kopfschütteln. Einen kurzen Moment herrschte eine merkwürdige Stille, sie waberte über ihnen wie eine große, bleischwere Wolke – fast beängstigend. Raul erhob sich und öffnete den Kühlschrank. Er nahm die Margarine heraus und schmierte ein Brot.

„Soll ich dir auch eins machen, Dad?"

Konstantin schüttelte den Kopf und mit einem resignierten Schulterzucken räumte Raul alles wieder sorgfältig weg. Dann setzte er sich mit dem Brot zu seinem Vater und aß. Irgendwie kam ihm sein Vater heute wirklich merkwürdig vor. „Wirklich keinen Hunger, Dad?", vergewisserte er sich nochmals.

„Nein", Konstantin schüttelte nur den Kopf. *Die Ungewissheit um seine Tochter und das Gefühl, seine Frau an diesen Carsten zu verlieren, schnürten ihm beinahe die Kehle zu und machten ihn machtlos. Das Problem: Ein Kirschstein war nie machtlos! Niemals!* Er unterdrückte diese Gedanken und versuchte, sich nun voll und ganz auf seinen Sohn Raul zu konzentrieren.

„Wie war denn eigentlich das Treffen mit deinen Motorrad-Kumpels? Erzähl doch mal!" Konstantin versuchte über die Spannung, die fast greifbar in der Luft lag, hinwegzutäuschen – und nebenbei interessierte es ihn tatsächlich!

„Es war sehr entspannt und ausgelassen. Und auch sehr interessant zu erfahren, wie sich das Leben der anderen entwickelt hat. Natürlich habe ich auch von dir erzählt und wurde gleich über meinen prominenten Vater gelöchert, denn dich – Dr. Konstantin Kirschstein – kannte auf diesem Treffen jeder aus der Presse. Besonders deine Ehe mit Sylvia hat bei allen, die die Trauung damals über Funk und Fernsehen mitbekommen hatten, Begeisterung ausgelöst: Ihr seid das Liebespaar schlechthin! Meine Kumpels haben nur in den höchsten Tönen von Sylvia und dir gesprochen… Apropos, wo ist sie eigentlich?"

Konstantin seufzte und stieß dabei einen Schwall Luft aus. Er sah blasser aus, als sonst und irgendwie müde, fiel Raul auf. Konstantin reagierte nicht, schien seinen Sohn nicht gehört zu haben. Raul legte seinem Vater seine Hand auf die Schulter und sah ihn von unten an.

„Vater, was ist los?", fragte Raul leise.

Und nun erzählte Konstantin ihm ganz langsam und ruhig, fast schon mechanisch, was geschehen war.

§ §

Sylvia hatte sich aus der Umarmung gelöst, Carsten und sie liefen nun noch etwas durch das Waldgebiet. „Ich bin immer für dich da, Sylvia", versprach Carsten.

„Danke, das tut so gut", antwortet sie dankbar. Sie hatten die Arme umeinander gelegt und liefen Schulter an Schulter. Sylvia war froh, dass er da war.

In der Stille war plötzlich das Knurren von Sylvias Magen zu vernehmen.

„Hunger?", fragte Carsten mit einem einfühlsamen Lächeln auf den Lippen.

„Ja, etwas", Sylvia nickte; sie genoss seinen Arm um ihren Körper. Es tat gut, jetzt einen Freund an der Seite zu haben.

„Dann lass' uns zurückgehen, wir sind sowieso schon viel zu lange unterwegs", meinte Carsten, und sie traten den Rückweg an.

§ §
§ § §

Raul war entsetzt: „Was?! Das ist ja furchtbar. Und wo
ist Sylvia jetzt?"

„Weg. Mit diesem…. diesem Carsten. Ich muss sagen,
ich glaube, er versucht mir Sylvia auszuspannen, aber
was sollte ich tun? Ich war gestern auf seine Hilfe an-
gewiesen. Ich habe dir ja schon erzählt, dass er sich an
Sylvia ranmacht".

„Das renkt sich alles schon wieder ein. Vielleicht siehst
du das auch zu pessimistisch", meinte Raul aufmunternd
und klopfte ihm auf die Schulter.

§ §
§ § §

Raul hatte beschlossen, erstmal duschen zu gehen.
Scheinbar konnte er momentan ohnehin nichts für seine
kleine Halbschwester oder Sylvia tun.

Während Raul im Badezimmer unter den erfrischenden
Wasserstrahl stieg, bekam Konstantin doch etwas Appetit. Er trat an die Badezimmertür und klopfte dagegen:
„Ich mache jetzt doch Frühstück, weil ich etwas Appetit
habe und außerdem finde ich, wir brauchen trotz allem
einen geregelten Ablauf", schien Konstantin ganz langsam wieder in die Realität zurückzufinden.

„Gerne!", rief Raul, „ich esse dann auch noch mal was
mit!"

Und Konstantin ging in die Küche, um alles zu- und vorzubereiten. Er hantierte fleißig und wollte gerade den Tisch decken, als er den Haustürschlüssel im Schloss vernahm. Ein Funke der Hoffnung keimte in ihm auf, dass es vielleicht seine geliebte Tochter sei, doch der Funke erstarb schneller, als er entflammt war, denn es waren Sylvia und Carsten, die eintraten.

Sylvia senkte den Blick, sah Konstantin aber dennoch von unten herauf an: „Es tut mir leid, dass ich einfach so mit Carsten weg bin... Aber ich musste mal raus... wenn du jetzt...", versuchte Sylvia eine Entschuldigung, und Carsten begann innerlich bereits, vor Wut zu kochen, denn das passte ganz und gar nicht in den Plan...

Doch Konstantin begann, seine Frau zu unterbrechen.

Das könnte interessant werden, dachte Carsten in diesem Moment. Er stellte sich schräg hinter die Küchentür und holte unauffällig sein Handy aus der Manteltasche. Wie er sah, hatte er zwei Nachrichten. Aha, Tamina würde bald mit der Kleinen zurück sein. Unauffällig stellte er die Tonaufnahmefunktion ein und ließ das Handy wieder verschwinden. Ein kurzer Blick in die Gesichter der Anwesenden verriet ihm: Niemand hatte etwas bemerkt.

Konstantin war um den großen Tisch herumgegangen und stand nun direkt vor seiner Frau, die er mit einem langen, prüfenden Blick musterte. Dann jedoch wandte er sich an Carsten: „Nun, ihr beiden. Ich muss sagen, ich habe Sie wirklich falsch eingeschätzt, Herr Picht.

Ich gebe es zu, ich war eifersüchtig, weil sie so viel mit Sylvia machen. Dennoch möchte ich mich bei Ihnen in aller Form für mein Benehmen entschuldigen. Es tut mir wirklich sehr leid!", meinte Konstantin aufrichtig und hielt Carsten die Hand hin.

Es dauerte einen Moment, bis Carsten die dargebotene ergriff, innerlich lächelte er hämisch in sich hinein. Dann ergriff er die Hand: „Entschuldigung angenommen!"

Auch Sylvia gefielen Konstantins Worte und Raul, der aus dem Bad gekommen war, schien ebenso begeistert.

„Kann ich dir in der Küche noch zur Hand gehen?", fragte Sylvia, an Konstantin gewandt.

„Stell doch bitte für Herrn Picht und dich noch jeweils ein Gedeck dazu. Und Sie können…"

„Wollen wir uns nicht duzen?", unterbrach Carsten ihn.

„Gerne!", erwiderte Konstantin und sagte dann zu allen anderen, „und ihr könnt euch schon einmal an den Tisch setzen."

Carsten gab vor, sich noch die Hände waschen zu wollen und fragte nach der Toilette. Dort leitete er die Tonaufnahmen an Tamina und Sergio weiter, versehen mit einem Smiley. Als er die Küche wieder betrat, sah er, dass man mit dem Essen auf ihn gewartet hatte. Die Stimmung war angespannt. Carsten nahm Platz und eröffnete das Gespräch: „Lasst uns überlegen, wie es jetzt weitergehen soll, also wegen Constanze-Finja."

Sylvia begann wieder, am ganzen Körper zu zittern vor Angst um ihr Kind. Unter dem Tisch hielt Carsten ihre Hand. Er tat ihr gut. Alle pflichteten Carsten bei und es entstand eine lautstarke Diskussion zwischen Carsten, Konstantin und Raul, welche Vorgehensweise nun am besten sei. So bekam niemand mit, wie Carstens Handy vibrierte: eine SMS. Er musste Sylvias Hand loslassen, und es bereitete ihm einige Mühe, sein Mobiltelefon unauffällig aus der Hosentasche zu ziehen, um dann die Worte zu lesen:

Wir lösen auf.

Er verstand sofort. Im nächsten Moment klingelte das Festnetz-Telefon. Wie elektrisiert sprangen Konstantin und Sylvia auf, Konstantin nahm den Anruf entgegen.

„Sie können Ihre Tochter auf dem Spielplatz vor der Schule abholen!", sagte eine Frauenstimme.

Konstantins Augen weiteten sich. „Wiederholen Sie das bitte!" Er stellte den Lautsprecher an, und die Dame wiederholte das gerade Gesagte noch einmal.

Alle waren geschockt, doch als Konstantin noch eine Frage stellen wollte, hatte die Frau bereits aufgelegt. Unauffällig grinste Carsten wieder hämisch in sich hinein. Tamina war einfach klasse – in jeder Hinsicht.

Mittlerweile waren einige Tage vergangen und Sylvia erinnerte sich zurück: *Nach dem mysteriösen Anruf der unbekannten Frau waren Konstantin, Sylvia und Carsten sofort ins Auto gestiegen und zur Schule gerast. Konstantin hatte sich nicht an die Verkehrsregeln und Geschwindigkeitsbegrenzungen gehalten – er wollte nur zu seiner geliebten Tochter! An der Schule angekommen, waren sie aus dem Wagen gesprungen und zum Spielplatz vor der Schule gerast, den die Frau ihnen genannt hatte. Sie hatten sich an den Händen gehalten, weil die Angst übermächtig wurde. Sylvia war in der Mitte, zwischen den beiden Männern, gelaufen – nein, besser gesagt, gerannt. Schon von weitem hatten sie das Mädchen auf dem Spielpatz arglos auf einer Bank sitzen sehen, und waren zu ihr geeilt. Die Eltern hatten ihr Kind überglücklich in die Arme geschlossen. Constanze-Finja war unversehrt und hatte freudig von der netten Frau erzählt, mit der sie einen schönen Abend verbracht hatte.*

Alle Nachfragen hatten nichts geholfen - Constanze-Finja hatte nicht erzählen können, wo die Frau wohnte. Die ganze Aufregung war ihr völlig unverständlich gewesen; sie hatte sich gewundert, warum ihre Mutter geweint hatte und alle überglücklich gewesen waren, sie zu sehen.

Erleichtert waren alle miteinander nach Hause gefahren, wo Carsten sich verabschiedet hatte – angeblich, um in seiner Wohnung nach dem Rechten zu sehen. Konstantin und Sylvia hatten beschlossen, Constanze-Finja nie mehr alleine irgendwohin gehen zu lassen.

Gestern war der letzte Schultag gewesen. Das Zeugnis von Constanze-Finja war – wie erwartet – wunderbar gewesen. Das Mädchen war gut in der Schule. Nun würde sie erst einmal die Ferien genießen. Es war von Vorteil, dass beide Eltern von zuhause aus arbeiteten, denn natürlich konnten sich beide nicht die kompletten Sommerferien frei nehmen. Aber so war wenigstens immer jemand zuhause.

§ §

Auch Carsten war nach Hause zu Rebecca und den Kindern gefahren. Sergio war damit einverstanden gewesen, denn er wollte nicht, dass Carstens Familie misstrauisch würde. Und es war Carsten wichtig, zu den Zeugnissen der Kinder zuhause zu sein.

Er dachte an die gelungene Entführung zurück. *An dem Abend war er nicht in seine Wohnung, sondern zu Tamina gegangen. Von ihrer Dienstwohnung aus hatten sie mit Sergio telefoniert und ihm ausführlich alle Einzelheiten berichtet. Der war überaus zufrieden mit seinen beiden Mitarbeitern. Nun musste der Plan lediglich vollendet werden.*

Trotz der anstrengenden Nacht, die er an Sylvia Mindl-Kirsteins Seite fast durchwacht hatte, verspürte er keine Müdigkeit. Das Adrenalin in seinen Adern hielt ihn wach – er fühlte sich vollkommen euphorisch! Das Machtgefühl und die Gewissheit, dass Sylvia wie Wachs in seinen Händen war, belebten seinen Körper.

Als der Abend vorangeschritten war, begossen Carsten und Tamina den Abend mit Champagner. Sie küssten und liebkosten sich und gingen zum Liebesspiel über. Ein, wie Carsten immer wieder fand, angenehmer Nebeneffekt der Arbeit für Sergio...

15:00 Uhr

Es war bereits Nachmittag, und das Treffen mit Götz und Gabriella stand an. Endlich passte der Termin allen, und auch Gabriellas Gesundheit spielte mit. Sylvia hatte sich zu diesem Anlass besonders schick gemacht: Sie trug ein mittelblaues Kleid. Die Haare hatte sie elegant hochgesteckt. Dadurch kam ihr Schmuck besonders gut zur Geltung, denn ihren Hals zierte die Kette, die Carsten ihr geschenkt hatte... Constanze-Finja hatte sie ein rosa Kleid angezogen. Auch Konstantin hatte sich herausgeputzt: Er trug einen blauen Anzug. Raul ließ sich entschuldigen, da er sich heute ausruhen und entspannen wollte. Es war ausgemacht, dass das Treffen bei Götz und Gabriella zu Hause stattfinden sollte. Nun saßen alle an dem großen, runden Esstisch, aßen Kirschkuchen und tranken Kaffee – für die Kinder gab es selbstverständlich Kakao. Sie tauschten sich über die Geschehnisse der letzten Zeit aus. Götz und Gabriella fanden, das Konstantin und Sylvia noch immer so verliebt wirkten wie am Anfang ihrer Beziehung, die später in ihre Ehe gemündet hatte. Gabriella erzählte von ihren Herzproblemen und erntete dafür das Mitgefühl von Konstantin und Sylvia. Sie konnte jedoch berichten, dass der Arzt eine neue Therapie ausprobieren wollte, um ihren Körper zu stärken. Sie war sehr zuversichtlich und sah optimistisch in die Zukunft!

Als alle aufgegessen hatten, fragten die Mädchen, ob sie spielen gehen könnten, und die Erwachsenen stimmten zu.

Nun erzählten Götz und Gabriella, dass sie vorhätten, eine Woche mit Lina Urlaub auf einem Reiterhof in Schweden zu machen, und dass Lina sich sehr freuen würde, wenn Constanze-Finja mitkommen würde. Gleichzeitig versicherten sie, dass die zusätzliche Betreuung keine Umstände machen würde. Da sie jedoch erst das Einverständnis von Konstantin und Sylvia abwarten wollten, hatten sie das Thema erst in Abwesenheit der Mädels ansprechen wollen. Denn die beiden wären ohnehin sofort Feuer und Flamme. Konstantin zögerte – Sylvia dagegen war einverstanden. Sie meinten zu Götz und Gabriella, dass sie sich das noch einmal genau überlegen, und sich dann melden würden.

Dann spielten die Mädchen noch. Am frühen Abend brachen sie nach Hause auf.

Zuhause bei sich angekommen, wollte Constanze-Finja sofort in ihr Zimmer, um zu spielen. Kaum hatte sich die Zimmertür geschlossen, legte Konstantin los: „Spinnst du jetzt total?! Willst du das Kind wirklich auf diesen Reiterhof schicken?! Ich... ich meine, sie ist vor einer Woche entführt worden!!! Was ist, wenn wieder etwas passiert?", wollte er aufbrausend wissen.

„Du bist wirklich verrückt! Willst du ihr wirklich allen Spaß nehmen?", das klang vorwurfsvoll.

Ein Wort gab das andere, beide steigerten sich in den Streit hinein und keiner wollte nachgeben. Denn beide hatten verlässliche Argumente.

Raul betrat verstört den Raum und blickte von einem zum anderen. Konstantin stürmte aus dem Haus und versuchte ausatmend, sich wieder zu beruhigen. Solche heftigen Streitigkeiten wegen Nichtigkeiten häuften sich in der letzten Zeit seit der Entführung und Sylvias Bekanntschaft mit Carsten immer mehr.

Sylvia ließ Raul wortlos stehen und ging zu Constanze-Finja ins Zimmer. Vorsichtig setzte sie sich auf die Bettkante. Constanze-Finja lag bäuchlings auf ihrem Bett, den Kopf auf ihre Hände gelegt, und weinte und weinte. Sylvia versuchte, ihre Tochter zu beruhigen und strich ihr über das Haar.

„Ich hab' euren Streit gehört. Und Lina hat mir schon erzählt, dass sie mich mitnehmen wollen in Urlaub. Warum verbietet Papa das?"

„Papa meint es nicht so, mein Schätzchen. Er ist einfach nur... ich würde sagen, gestresst. Nimm' ihm das bitte, bitte nicht übel, ja? Er liebt dich doch auch sehr!", versuchte Sylvia, bei der gemeinsamen Tochter ein gutes Wort für Konstantin einzulegen.

Constanze-Finja bettelte: „Ich will aber mit Lina in Urlaub fahren, bitte, Mami!"

Sylvia war hin- und hergerissen. Sollte sie ihrem Mann widersprechen? Er hatte sich klar gegen den Urlaub ausgesprochen. Natürlich hatte auch Sylvia unter der Entführung gelitten. Aber sie konnte nicht einsehen, dass Constanze-Finja darunter leiden sollte – schließlich war die Angelegenheit doch erledigt! Konstantin – Carsten und umgekehrt... Ach diese Gedanken machten sie wahnsinnig.

Letztendlich erlaubte sie ihrer Tochter das Mitfahren. Das Mädchen jubelte und fiel ihrem Vater, als dieser das Haus wieder betrat, glückstrahlend um den Hals. Sofort bestürmte sie ihn mit der Bitte, den Koffer heraus zu holen und den Urlaub zu planen.

Konstantin war fassungslos. Sie hatte es einfach ohne ihn erlaubt – ja, sogar gegen seinen ausdrücklichen Willen! Natürlich brachte er es nun nicht über's Herz, die Entscheidung wieder umzuwerfen und den Urlaub zu verbieten!

Er ging Sylvia an diesem Abend und auch in den nächsten Tagen, soweit es möglich war, aus dem Weg und beschränkte die Konversation mit ihr auf das Geschäftliche. Natürlich hatte er Vertrauen zu Götz und Gabriella, aber die Angst vor einer erneuten Entführung seiner Tochter kroch einfach immer wieder hoch.

Nach dem Streit war Sylvia abends, nachdem Constanze-Finja im Bett war, wieder zu Carsten gegangen. Sie hatte das Gefühl, Abstand von Konstantin zu brauchen. Sie war der Meinung, dass es ihr bei Carsten besser ginge – weil er ihr zuhörte, sie verstand und ihr alles gab, was sie brauchte, und das, ohne dafür eine Gegenleistung von ihr zu verlangen. Sie hatte das Gefühl, als würden sie sich beide perfekt ergänzen und bedingen, das Empfinden, sich bei Carsten frei und natürlich fühlen zu können.

Carsten war vorbereitet gewesen – er hatte Sylvia vorgeschlagen, die Nacht gemeinsam in einer gemütlichen und romantischen Waldhütte zu verbringen. Carsten hatte ihr erzählt, dass die Hütte seiner Cousine gehörte und dass er sie jederzeit nutzen konnte, weil sie die Hütte momentan nicht brauchte. Sylvia fühlte sich in der Hütte noch freier und ungezwungener als in Carstens Dienstwohnung, da sie dann nicht ständig ihr eigenes Zuhause vor Augen hatte. Im Vergleich zum Townhouse war die Hütte schlicht und fast spartanisch eingerichtet, aber das machte Sylvia nichts aus. Sie hatten einander zugehört und sich gegenseitig Liebe und Halt gegeben. Carsten gab Sylvia alles, das was ihr bei Konstantin fehlte. Die warme Vertraut- und Geborgenheit, das wohlige Kribbeln… all das kam zurück, wenn sie bei Carsten war. Das war zumindest Sylvias Gefühl. Sie wollte keinen Luxus, sie wollte nur Carsten.

Konstantin versuchte, einigermaßen eine gewisse Routine im Leben aufrecht zu erhalten. Raul und seine kleine Halbschwester saßen beim zweiten Frühstück, sie hatten ein Nuss-Nugat-Creme-Brot gegessen und Tee dazu getrunken. Konstantin hatte keinen Bissen hinuntergebracht; er aß kaum mehr etwas… seit diesem verdammten Streit… seit Sylvia dauernd fort war. Dafür hatte er bereits seine dritte Tasse Espresso vor sich stehen, doch auch die schwarze, warme Brühe schmeckte momentan lau und fad.

Sylvia tauchte meistens erst gegen Mittag auf. Ihre Arbeit erledigte sie nachmittags, um Konstantin, so gut es ging, aus dem Weg zu gehen. Die Stimmung zwischen den Eheleuten war eisig.

Auch Raul hatte Urlaub. Doch die Stimmung zuhause bot nicht gerade Entspannung. Sein Vater war wortkarg; seine Halbschwester spielte entweder mit ihren Freundinnen oder trieb sich im Schwimmbad herum. Daher spielte er mit dem Gedanken, sich auch für ein paar Tage aus dem Staub zu machen. *Er konnte den beiden ohnehin nicht helfen – und er verstand auch überhaupt nicht, worum es ging – das waren doch nicht mehr Konstantin, sein Vater, und Sylvia, die immer durch dick und dünn gegangen waren? Er verstand die Welt nicht mehr…*

Es war morgens, 9:37 Uhr. Sylvia war schon eine Weile wach, hatte bereits Kaffee getrunken und einen Happen gegessen. Sanft ging sie ans Bett und weckte Carsten mit einem zärtlichen Kuss.

„Guten Morgen, Schatz!", sagte sie.

Carsten räkelte sich, gähnte und stand dann auf.

„Guten Morgen, mein Schatz!", er umfasste zärtlich ihr Gesicht und erwiderte ihren Kuss ebenso liebevoll.

„Gut geschlafen?", fragte sie.

„Wenn ich von dir träume, immer", säuselte er liebenswürdig.

Sie küssten sich wieder und wieder.

„Ich werde dann mal das Frühstück machen und dann können wir gemeinsam…"

„Ich fürchte daraus wird leider nichts. Constanze-Finja geht doch heute mit Lina auf den Reiterhof. Sie fährt mit Gabriella und Götz mit, und ich möchte sie gebührend verabschieden", erklärte Sylvia und setzte sofort nach, „das verstehst du doch, oder?"

„Aber natürlich verstehe ich das", heuchelte Carsten und küsste sie.

Sie erwiderte den Kuss, dann wandte sie sich zum Gehen: „Ich beeile mich. Ich bin so froh, dass es dich gibt!"

Sie verließ die Waldhütte.

Kaum war sie fort, hielt Carsten Rücksprache mit Sergio. Anschließend meldete er sich bei Rebecca und den Kindern. Die Familie fehlte ihm – es lief zwar alles nach Plan, seit Sylvia quasi bei ihm in Sergios Waldhütte eingezogen war, denn Sylvia fraß ihm praktisch aus der Hand – aber da sie fast nonstop bei ihm war, hatte er kaum noch Gelegenheit, sich um seine eigene Familie zu kümmern. Das waren natürlich die Schattenseiten dieses Doppellebens.

§ §
§ § §

Nach dem Frühstück wollten Konstantin und Raul die letzten Sachen für die bevorstehende Reise herrichten und Constanze-Finja abfahrbereit machen. Das Mädchen verschwand im Badezimmer, und als sie die Tür hinter sich geschlossen hatte, fragte Raul energisch: „Dad, was ist hier eigentlich los? Kommt Sylvia? Wo ist sie denn eigentlich genau?"

„Wir streiten in der letzten Zeit fast nur noch, und ich vermute, sie ist bei diesem Carsten", gab Konstantin etwas abfällig zur Antwort.

„Reißt euch zusammen! Es geht hier schließlich um eure Tochter!", meinte Raul, und Konstantin wusste, dass sein Sohn damit Recht hatte.

„Ich weiß nicht, ob Sylvia kommt!", meinte er und stierte auf den Grund seiner Espressotasse, als würde er darin eine Antwort finden. Plötzlich läutete es an der Tür.

„Ich gehe schon."

Raul erhob sich und öffnete die Tür. Erleichtert begrüßte er Sylvia, umarmte sie kurz und gab ihr zwei Wangenküsse. Dann bat er sie herein.

Konstantin blickte auf und fragte vor lauter Verlegenheit: „Möchtest du etwas trinken?"

Doch Sylvia schüttelte den Kopf.

Da trat Constanze-Finja aus dem Badezimmer: „Hallo Mama", stürzte das Mädchen in ihre Arme. Glücklicherweise war sie es gewohnt, dass ihre Mutter und auch ihr Vater ab und zu auswärts Mandanten-Gespräche hatten, so dass sie der häufigen Abwesenheit von Sylvia kaum Bedeutung zumaß. Sie war ohnehin viel zu aufgeregt, seit sie von der bevorstehenden Reise nach Schweden wusste.

§ §
§ § §

Die Zeit zur Abreise war nun gekommen. Die Koffer waren gepackt und Konstantin half seinem Mädchen beim Anziehen der Jacke. Dann verabschiedete Constanze-Finja sich noch von Raul, der ihr viel Spaß wünschte, und schließlich fuhren sie alle drei mit Konstantins Auto los, um das Mädchen bei Götz und Gabriella abzuliefern.

Zunächst verlief die Fahrt dorthin schweigend. Doch dann plapperte Constanze-Finja beinahe wie ein Wasserfall. „Ich bin sooo froh, dass ich reiten darf. Lina und ich dürfen sogar die Tiere pflegen und füttern, das wird sooo toll! Ich freu' mich riesig!", schwätzte das Mädchen hinten im Kindersitz beinahe die ganze Fahrt ununterbrochen fröhlich drauflos. Doch auch die gutgelaunte Constanze-Finja konnte nicht über die angespannte Stimmung zwischen Konstantin und Sylvia, die über ihnen wie eine schwere, dunkle Wolke waberte, hinwegtäuschen. Die Spannung zwischen den Eheleuten lag beinahe greifbar in der Luft.

Als sie ankamen, plauderten sie noch ein wenig mit Götz und Gabriella über Belangloses und halfen ihnen dabei, die Sachen zu verstauen. Constanze-Finja und Lina waren fröhlich und steckten sofort die Köpfe zusammen. Als das Gepäck ins Auto geladen war, machten es sich die Mädels auf der Rückbank gemütlich. Sylvia und Konstantin standen an der Tür und wünschten allen viel Spaß. Nachdem alle Türen geschlossen und der Motor gestartet war, blieben Konstantin und Sylvia noch nebeneinander stehen und winkten zum Abschied, bis das Auto aus ihrem Sichtfeld verschwunden war. Dann machten sie sich auf den Rückweg.

„Ich vermisse sie schon jetzt", sagte Sylvia mitten in die Stille hinein.

„Mhm", murmelte Konstantin.

Sylvia sah ihn an. Sie hatte die ganze Zeit gewusst, dass auch ihn die Situation belastete. Die Stille, die seit dem Streit beinahe ununterbrochen zwischen ihnen herrschte, war so unerträglich wie tausend Bässe.

„Sag' irgendetwas, bitte!"

„Ich vermisse sie auch. Und ich habe Angst um sie.

Sie nickte. „Kannst du mich rauslassen, Konstantin?"

Entgeistert blickte er zur Beifahrerseite: „Dich rauslassen? Wo soll ich dich rauslassen?"

„Da vorne! Ich gehe noch…"

„…zu diesem Carsten?", fragte Konstantin wütend.

Sylvia schwieg, dann entgegnete sie barsch: „Ja! Weil er mich versteht. Im Gegensatz zu dir!"

„Du meinst, weil er Verständnis für dich heuchelt?", war Konstantin aufgebracht und verzweifelt.

Jetzt stritten sie wieder. *Sylvia, warum bist du nur so blind?,* dachte er. Ruckartig trat Konstantin auf die Bremse und fuhr rechts an den Straßenrand. Er blickte starr auf die Straße und regte sich nicht, als Sylvia die Tür öffnete und ausstieg; er erwiderte nichts auf ihr „Danke" und fuhr wortlos davon. *Diese Vertrautheit zwischen uns ist einfach weg. Ist alles zerbrochen?,* zermarterte sich Konstantin im Stillen selbst das Gehirn.

§ §
§ § §

Sylvia ging die letzten Meter durch die Bäume zu Fuß, bis sie bei der Waldhütte, bei Carsten, ankam. Sie war innerlich total aufgewühlt. Immer wieder kroch die Angst hoch, dass Constanze-Finja etwas passieren könnte. Und dann wieder gewann die Wut auf Konstantin die Oberhand.

Sie öffnete die Tür und spürte gleich diese Ruhe und Geborgenheit, die sie überkam, als sie Carsten sah. Mit ihm war alles anders!

Sie erzählte ihm sofort, was vorgefallen war, und Carsten hielt sie einfach nur fest und hörte ihr zu. Dann küsste er sie und führte sie behutsam zum Sofa. Dort kuschelte sich Sylvia an seine Seite und eine Weile blieben sie schweigend so liegen. Schließlich brach Carsten das Schweigen; sie machten aus, dass Sylvia erst einmal bei ihm bleiben und nicht nach Hause – zu Konstantin –fahren würde. Constanze-Finja war aus der Schusslinie, sie würde es nicht bemerken. Raul ging das alles nichts an. Und Sylvia sagte, mehr zu sich selbst, dass sie ohnehin nicht mehr wüsste, ob „bei Konstantin" wirklich noch ihr zu Hause war. Sie fühlte sich bei Konstantin einfach nicht mehr so vertraut und geborgen wie früher.

Carsten war hocherfreut darüber, zeigte ihr das allerdings natürlich nicht. Er lächelte nur still und heimlich in sich hinein.

Konstantin hatte den ganzen Tag wie ein Besessener mit Mandantengesprächen, Gerichtsterminen und dem Bearbeiten von Akten und seiner Post verbracht. Das hatte ihn ein wenig abgelenkt von seinem Kummer wegen Sylvia. Doch jetzt saß er alleine auf dem Sofa und die Stille und Einsamkeit schienen ihn zu zerquetschen. Sylvia war bei diesem Carsten. Seit sie aus dem Wagen gestiegen war, hatte er nichts mehr von ihr gehört oder gesehen. Constanze-Finja war sicherlich schon in Schweden. Es fühlte sich an, als sei sie unendlich weit entfernt! Und Raul war weggefahren. Gestern war er bereits früh ins Bett gegangen, da er, wie er verkündet hatte, sehr müde sei. Vielleicht konnte er auch nicht ertragen, mit seinem Vater allein zu sein. Das konnte Konstantin durchaus verstehen – er war derzeit kein angenehmer Zeitgenosse... Und nun wollte er ein paar Tage bei seinem Freund bleiben. Nun ja, sicherlich hatte sich sein Sohn den Urlaub auch anders vorgestellt.

Konstantin dachte an Sylvia, an die schönen, aber auch an die schwierigen Stunden, die sie gemeinsam, Seite an Seite, durchgestanden hatten. Die Gedanken kreisten. Ihm brummte der Schädel, und er erhob sich und holte die Kristallglaskaraffe, in der sich der braune Cognac befand. Nachdenklich betrachtete er die edle Flüssigkeit, dann setzte er die Flasche an und trank. Dumpf ließ er sich mit der Karaffe wieder auf das Sofa fallen und brütete weiter vor sich hin...

Einmal war Constanze-Finja an einer heftigen Lungen-entzündung erkrankt. In diesen bangen Stunden war Konstantin nicht von Sylvias Seite gewichen, das waren traurige, aber auch besondere Momente der Nähe ge-wesen – zumindest einer davon.

Außerdem quälten ihn die Gedanken, *dass Sylvia ihn durch diesen Carsten ersetzt hätte.*

Er ging an seinen Laptop klappte diesen auf und gab in der Internet-Suchleiste *Carsten Picht* ein. Die Suchma-schine spukte über eine Million Ergebnisse aus, aber es war keines dabei, dass ihn auch nur annähernd befrie-digt hätte. Also trank er weiter und weiter. Eine gefühlte Ewigkeit und die ganze Kristallglaskaraffe später, die er geleert hatte, lallte er: „Ich werde dich immer lieben, Sylvia!" und knallte die Karaffe auf den Schreibtisch, härter als beabsichtigt. Dabei stieß er unbeabsichtigt Sylvias Foto, welches auf seinem Schreibtisch stand, um. Es fiel zu Boden, das Glas zerbrach in tausend klei-ne Scherben. *Ob diese Scherben auch für die Scherben unserer Ehe, für ihr Ende stehen?,* fragte er sich in Ge-danken.

Dann versuchte er mehrmals, Sylvia auf dem Handy zu erreichen; da jedoch nur ihre Mailbox ansprang, legte er wieder auf. Der Cognac machte sich mehr und mehr bemerkbar und er spürte, wie müde er war. Sein Kopf fiel auf die Tastatur, und irgendwo, ganz, ganz weit entfernt, nahm sein Unterbewusstsein noch wahr, dass ein Mailfensters aufpoppte – doch es drang nicht bis in sein Bewusstsein vor. Und noch wusste er nicht, dass

diese Mail sein ganzes Leben für immer verändern würde, fast wie eine Detonation.

Sylvia und Carsten lagen in der Waldhütte in dem gemütlichen Bett, welches sie mit rosafarbener Bettwäsche bezogen hatten, eng beieinander. Sie hatten wieder miteinander geschlafen. Der Champagner stand mit Eiswürfeln im Kühler auf dem Sideboard, und Carsten kitzelte Sylvias Wange mit den Blättern einer roten Rose.

„Geht es dir gut?", fragte er einfühlsam und zärtlich.

„Im Moment geht es mir sehr gut", sie lächelte und küsste ihn. Bei Carsten fühlte Sylvia nun diese Geborgenheit, die sie bei Konstantin einfach nicht mehr fand. Mit Carsten war alles einfach, leicht und unbeschwert. Das Kribbeln im Bauch und im Herzen, wenn sie mit Carsten zusammen war, dann fühlte sie all das, und es war unglaublich hilfreich. Sie verstand das noch nicht so richtig, aber es tat gut – zumindest manchmal.

§ §
§ § §

Konstantin hatte die letzten Tage furchtbar geschlafen. Er war nicht zur Ruhe gekommen und hatte beinahe nur noch gearbeitet. Auch hatte er kaum gegessen.

Sylvia war in der Woche zur Arbeit erschienen, aber offensichtlich hatte sie sich von der Sekretärin, Frau Hinrichs, durchgeben lassen, wann Konstantin außer Haus sein würde, denn wenn er von Außenterminen zurückkehrte, konnte er feststellen, dass sie sich in ihrem Büro zu schaffen gemacht hatte. Aber Frau Hinrichs – sie war wirklich Gold wert – war diskret genug, ihn nicht auf die merkwürdige Stimmung zwischen den Eheleuten anzusprechen.

Dann war es allerdings doch einmal vorgekommen, dass sie zeitgleich in der Kanzlei waren. Die Arbeit war aber kommunikationslos verlaufen. Und als die beiden sich dann doch einmal unterhalten hatten, war es um das Geschäft gegangen und um Constanze-Finja, die ja noch immer in Urlaub war.

Konstantin hatte seine Tochter in der letzten Zeit oft auf dem Handy angerufen. An dem Nachmittag, als Sylvia und er gemeinsam in der Kanzlei gewesen waren, hatte er die Gelegenheit genutzt und von der Kanzlei aus telefoniert, sodass das Mädchen auch mit Mama hatte sprechen können. Es hatte Konstantin in den vergangenen Tagen stets gut getan, die Stimme seiner Tochter zu hören. Sie hatte fröhlich und gut gelaunt geklungen und gesagt, dass sie schon geritten wäre und dass es Spaß machte, Zeit mit Lina zu verbringen.

Heute hatte Constanze-Finja sich mit den Worten verabschiedet, dass sie wieder reiten gehen würde und dass Götz und Gabriella sich gut um sie kümmern würden. Er hatte ihr viel Spaß gewünscht und mit einem beklommenen Gefühl im Magen aufgelegt.

Dann fiel Konstantin die Mail wieder ein: Am Montag Morgen hatte er sie gelesen. Wieder von Sergio. Warum? Es war doch alles geklärt zwischen den beiden?!

Und was ihn an dieser Mail etwas irritierte – Sergio hatte seine Handynummer hinzugefügt. Er wolle sich unbedingt nochmals mit ihm treffen, an einer Waldhütte, und würde für Konstantin am Freitag um 23 Uhr einen Wagen schicken; einer seiner Mitarbeiter würde ihn dann zu ihm bringen, so lautete es in der Mail. In Konstantin stieg ein mulmiges Gefühl auf, als er den Antworten-Button drückte und seine Nachricht tippte. Er stimmte dem Treffen trotz, oder vielleicht sogar gerade wegen dieses Gefühls, zu. Er schrieb jedoch, dass er selbst zum Treffpunkt kommen würde. Die zustimmende Antwortmail, verbunden mit den GPS-Daten fürs Navigationsgerät, kam prompt.

Er würde Sylvia vorerst nichts von dem Treffen erzählen. Aber Raul würde er in jedem Fall davon unterrichten – er leitete seinem Sohn einfach die Mail weiter. So würde Raul sowohl über das Treffen, als auch über den Ort und Zeitpunkt des Treffens informiert sein. Als er die Mail abgesandt hatte, lehnte er sich zurück, schloss die Augen und fuhr sich mit der Hand darüber. Jetzt brauchte er einen Cognac. Das Brennen der braunen Flüssigkeit in seiner Kehle und das Gefühl auf der Zunge taten gut.

§ §
§ § §

Als Sylvia kurz nach 18:00 Uhr von der Arbeit zurück in die Waldhütte gefahren war, war Carsten als sensibler Beobachter sofort aufgefallen, dass mit ihr etwas nicht in Ordnung war.

„Was ist los, meine Schöne?", umfing er sie zärtlich mit seinen Armen.

Sie seufzte: „Ach, ich weiß auch nicht. Aber ich habe ein ganz komisches Gefühl. Konstantin wirkte heute müde und völlig durch den Wind... Irgendetwas schien ihn zu belasten!"

Sylvia war verstört. Sie fühlte sich innerlich wie zerrissen. Auf der einen Seite kannte sie Konstantin in- und auswendig, diese alte Vertrautheit, die über Jahre zwischen ihnen geherrscht hatte – sie wusste genau, wie er sich fühlte. Aber trotz allem fühlte sie sich so unglaublich zu Carsten hingezogen. Dieses wohlig warme und aufregende Kribbeln in der ganzen Magengegend, das sie jetzt bei Carsten spürte – aber all das hatte es aber doch auch bei Konstantin einmal gegeben – und würde das auch bei Carsten und ihr irgendwann verschwinden? Sie begriff das nicht! Konstantin hatte doch immer alles für sie und die Familie getan, durch dick und dünn waren sie gemeinsam gegangen, was war nur mit ihnen beiden los? Auf einmal vermisste sie ihn schrecklich. Ach! Es war zum Haare-Raufen!

„Ach, mach' dir keine Sorgen, der kann einfach nur nicht verlieren", wollte Carsten sie beruhigen und ablenken. Seine Lippen suchten ihren Mund.

„Wahrscheinlich hast du Recht", sie erwiderte den Kuss und schmiegte sich an ihn. Um ihre Gedanken weiter zu zerstreuen, begann Carsten, sie weiter zu küssen und streifte ihr die eleganten Business-Klamotten langsam vom Leib. Sie schliefen wieder miteinander und liebkosten dabei ihre Körper voll Leidenschaft und Zärtlichkeit.

„Wollen wir gleich gemeinsam duschen gehen?", fragte Carsten und lächelte.

Sie nickte schmunzelnd und küsste ihn wieder. Beide gingen nackt ins Badezimmer – diese Hütte war so fortschrittlich ausgestattet, dass sie über Warmwasser- und Stromanschlüsse verfügte – und stellten sich zu zweit unter den Wasserstrahl. Sie liebkosten ihre Körper und küssten sich auch noch unter der Dusche, und schließlich seiften sie sich gegenseitig ein. Sie lachten und kicherten wie zwei Teenager, aber Sylvia fühlte sich wohl. *Es fühlte sich alles so gut, so herrlich unbeschwert und einfach perfekt an mit Carsten. Im Stillen fragte sich Sylvia, ob er Konstantin eines Tages ersetzen und für Constanze-Finja wie ein richtiger Vater da sein würde, aber sofort verbot sie sich den Gedanken wieder. Das durfte nicht passieren!*

Nach dem Duschen ließ Sylvia Carsten den Vortritt; während er sich anzog und föhnte, schlang Sylvia ein lila Badetuch um ihren nassen Körper und setzte sich aufs Bett. Da vernahm sie das Klingeln von Carstens Handy.

„Carsten, Schatz, dein Handy klingelt!", rief sie, doch er hörte nichts – der Föhn war einfach zu laut. Noch einmal rief sie ihn vergebens; doch da das Klingeln nicht abließ, beschloss sie abzuheben.

„Carsten, na endlich! Wie läuft es mit Sylvia? Ich hoffe, sie frisst dir aus der Hand?", hörte Sylvia Sergios markante Stimme, „der Anwalt hat das Treffen bestätigt. Du wirst den Rest erledigen und den Anwalt ausschalten. Ein für alle Mal. Alles klar?"

Sylvia zog scharf die Luft ein, alles an ihrem Körper zitterte. Die Tränen rannen ihr über die Wangen und sie schluchzte stumm und kaum hörbar. Sie legte auf. Sie saß da wie paralysiert, alles lief mechanisch ab. Alles schien an ihr vorbeizugehen, ihr zu entgleiten.

Gewaltsam rief sie sich zur Ordnung, der letzte Funken Verstand brachte sie dazu, aufzustehen und nach ihrem Handy zu greifen. Mit letzter Kraft konnte sie sich aufraffen, Konstantin anzurufen – doch dieser hob nicht ab.

Sie wollte es gerade bei Raul probieren, als Carsten aus dem Badezimmer trat und ein wenig barsch fragte: „Sylvia? Was zur Hölle machst du da?!"

Ohne ihn anzusehen, reichte sie ihm sein Handy, als wäre es ein Stück Eis. Ihre Hand umklammerte das Gerät. Fast ein wenig gewaltsam entwand er ihr sein Handy. Es vibrierte – eine SMS von Sergio:

He, Carsten, die Verbindung ist offenbar schlecht. Oder wieso hast du nicht geantwortet? Der Anwalt hat den Termin bestätigt, mach ihn kalt!

Carstens professionell geschultes Gehirn schaltete sofort. Das durfte jetzt nicht schief gehen. Er antwortete Sergio:

Ich fürchte, du sprachst gerade mit Sylvia und nicht mit mir. Aber sie wird uns nicht in die Quere kommen. Keine Sorge, dafür werde ich schon sorgen!

Carsten hatte geplant, mit Sylvia gegen 20:00 Uhr auswärts zu essen, er hatte sich bereits schick angezogen; eine braune Hose und den beigen Mantel trug er jetzt. Es schien, als würde sie ihn ansehen, doch sie starrte mehr wie paralysiert durch ihn hindurch. Er achtete nicht auf ihren jämmerlichen und desolaten Zustand.

Sylvia war aufgestanden und schritt mit unsicheren Beinen ans Fenster. Sie musste hier raus und zwar so schnell wie möglich! Ihr war speiübel. Dann schluchzte sie so laut, dass sie fast keine Luft mehr bekam. *Wie hatte ich mich nur so in Carsten täuschen können?,* dachte sie, *Konstantin hatte von Anfang an Recht. Ich muss ihn warnen! Jetzt!* Sie empfand nichts als Ekel und Verachtung für Carsten, aber sie unterdrückte den Brechreiz.

Weitere Gedankenfetzen schossen ihr durch den Kopf. Sie musste etwas tun!

„Jetzt beruhige dich erstmal. Ich hole dir im Badezimmer ein paar Beruhigungstropfen. Es ist nicht so, wie du denkst", wollte Carsten sie beschwichtigen.

Sie hatte den Augenblick genutzt, als Carsten ins Badezimmer gegangen war. Rasch zog sie sich an und stürzte hinaus.

§ §
§ § §

Raul machte sich Sorgen. Sein Vater hatte ihm eine Mail weiter geleitet, in dem dieser Sergio sich mit ihm in einer Waldhütte verabredet hatte. Er verstand zwar immer noch nicht richtig, worum es ging, aber irgendwie klang das Ganze wie in einem schlechten Roman.

Er erinnerte sich, als sein Vater ihm diese Geschichte von früher, von Pia, Sergio und ihm, erzählt hatte. Und er dachte an diesen Abend, an dem Sergio und sein Vater sich wieder vertragen hatten. Es war ein total harmonischer Abend gewesen – da war doch Frieden zwischen den beiden. Alles hätte nun perfekt sein können – und dann war Sylvia gegangen! Und so war seit diesem Abend alles in Scherben… In der Mail war auch überhaupt kein Grund genannt, weshalb es zu dem Treffen kommen sollte. Und hatten diese beiden Ereignisse überhaupt etwas miteinander zu tun?!

Raul beschloss, nochmal weg zu gehen. Es war immerhin Freitag! Junge Leute wie er sollten da unterwegs sein und Spaß haben, anstatt sich über die Probleme anderer Sorgen zu machen! Das Leben seines Vaters und seiner Stiefmutter konnte er doch ohnehin nicht beeinflussen.

Er verließ das Townhouse und schwang sich auf sein Motorrad. Am Kiosk an der Straßenecke, direkt an der Ampel, stieg er ab – hier traf er sich oft mit seinen Kumpels.

§ §
§ § §

Sylvia wollte Konstantin aufgeregt entgegen fahren, um ihn zu warnen. Sie hielt gerade an der Ampel, bei diesem Kiosk, in dem Raul sich so oft mit seinen Freunden traf – tatsächlich, da saß er! Ihre Augen trafen sich für den Bruchteil einer Sekunde, und sie sah, wie er aufsprang! Da wechselte die Ampel auf Rot. Was sollte sie tun? Der Fahrer im Wagen hinter ihr hupte, sie musste anfahren – und konnte im Rückspiegel noch sehen, wie Raul auf den Gehsteig stürzte. *Parken! Parken!* Schoss es ihr durch den Kopf. *Aber mitten in Berlin war wie immer nicht schnell eine Parklücke zu finden! Da, endlich...*

§ §
§ § §

Sylvias Haare flatterten im Wind, als sie auf Raul zulief: „Raul! Ein Glück!", entfuhr es ihr mit schriller, zitternder und brüchiger Stimme. Ihre Hände und ihr ganzer Körper waren in Aufruhr, sie zitterte wie Espenlaub.

„Was ist los?", fragte er sofort besorgt und fasste ihre Schulter an, um sie zu stützen.

„Carsten gehört zu Sergios Leuten!", meinte Sylvia wie hysterisch und brach in Tränen aus.

„Was?! Seit wann weißt du das?", fragte Raul entsetzt.

„Ich hab's gerade rausgefunden", sie weinte und ihr war noch immer furchtbar schlecht.

„Ich dachte, sie haben sich versöhnt", wandte Raul ein, „meinst du, er will Dad immer noch an den Karren fahren?"

Sylvia nickte verzweifelt.

„Scheiße, Sylvia, dann ist Dad wirklich in Gefahr! Er hat mir eine Mail geschickt von einem Treffen in einer Waldhütte, ich weiß, wo das ist! Moment, ich kann die Mail auch mit meinem Handy abrufen!"

„Waldhütte? Oh mein Gott!", stöhnte Sylvia auf! Die Puzzleteile setzten sich in ihrem Hirn zu einem furchtbaren Gesamtstück zusammen, „wir, also Carsten und ich, wir waren öfter gemeinsam in einer Waldhütte. Ich fahre hin!"

„Ich komme mit!"

„Nein, auf keinen Fall. Ich melde mich!", sie war wild entschlossen, wie elektrisiert. Schon stürzte sie zurück zum Auto und gab Gas. Sie unterdrückte den Brechreiz eisern.

Während der Fahrt rief sie über die Freisprechanlage ihres Wagens die Polizei und bestellte sie zur Waldhütte. *Die ganze Fahrt über hatte sie Bilder im Kopf von ihrer wunderbaren Hochzeit.... der Geburt ihrer Tochter... dann tauchte plötzlich Carsten in ihrem Kopf auf, seine Berührungen und Küsse unter der Dusche und beim Sex... Seine nackte, nasse Haut auf ihrer... .Ekelhaft!* Wieder schluckte sie die Magensäure, die sich mit Speiseresten vermischt ihren Weg nach oben in ihren Mund bahnte, tapfer hinunter. *Dann sah sie Konstantin in ihren Gedanken – vor ihrem inneren Auge... er lag mit einer schweren Schussverletzung blutend auf dem Waldboden... alles verschwamm. Du darfst nicht tot sein, Konstantin... ich liebe dich!,* flehte sie innerlich.

§ §

23:00 Uhr

Konstantin war nun im Wald angekommen. Er trug einen grauen Anzug, ein weißes Hemd und einen grauen Mantel sowie beige Schuhe. Er wartete an dem in der Mail ausgemachten Treffpunkt, nämlich vor der Waldhütte. Nach wie vor war Konstantin ahnungslos, was Sergios eigentliches Vorhaben betraf.

„Hallo Anwalt!", vernahm Konstantin plötzlich eine gehässige Stimme hinter sich. Das war nicht Sergios Stimme! Konstantin wandte sich ruckartig um und sah dem Mann, der beide Hände in den Hosentaschen vergraben hatte, ins Gesicht.

„Sie?!", entfuhr es Konstantin, „was wollen Sie?" Das ungute Gefühl, welches in Konstantins Innerem auftauchte – eine Mischung aus Skepsis und Angst – verleitete ihn augenblicklich dazu, wieder zum *Sie* überzugehen.

„Diesen leidigen Auftrag zu Ende bringen, damit ich endlich wieder Zeit für meine Frau und meine Kinder habe!", erklärte Carsten lakonisch.

„Ich wusste es doch von Anfang an! Ich habe es sofort gespürt, dass mit Ihnen etwas nicht stimmt!", murmelte Konstantin.

Carsten ignorierte seinen Kommentar und zog, ohne Konstantin dabei aus den Augen zu lassen, den Revolver. Seine Hände steckten in schwarzen Lederhandschuhen. Er entsicherte ihn, rief: „Zahltag, Kirschstein!" und drückte ab. Er drückte mehrmals hintereinander ab. Mit einem Ausdruck von Befriedigung im Gesicht sah Carsten dabei zu, wie Konstantin zu Boden ging und bewusstlos oder tot – Carsten prüfte es nicht nach – liegen blieb. Während Konstantin immer schwächer und schwächer wurde, lief sein bisheriges Leben wie ein Film vor seinem inneren Auge ab, *als er Sylvia den Antrag gemacht und sie ihn in ihrem wunderschönen Brautkleid vor ihm stand, und als sie später schließlich Eltern wurden, all das waren wunderbare Glücksmomente... allein der Anblick seiner Tochter, der ihm eine solche Freude und kribbelige Euphorie bereitete – um all das war es wert zu kämpfen.* Er spürte, wie er schwächer und schwächer wurde. Er dämmerte weg. Carsten schoss noch weitere drei Mal auf Konstantin.

Gerade hatte er noch Spuren verwischen wollen, als er Geräusche eines ankommenden Autos hörte. Der Motor stoppte, und er erkannte Sylvias Wagen. Sie war ausgestiegen und lief geradewegs auf ihn zu. Ihr braunes Haar flatterte offen im Wind.

„Was machst du denn hier?", fragte Carsten, seine Stimme klang ein klein wenig ungehalten.

Sylvia zuckte leichthin mit den Schultern und meinte: „Na, was wohl? Ich hatte Sehnsucht nach dir, nach dem Duft des Waldes, nach dieser wunderbaren Hütte…"

Sie verstummte und ihr Blick ruhte kurz auf dem am Boden liegenden Konstantin. Die ganzen Erinnerungen an ihre gemeinsame Zeit, an ihre Ehe, türmten sich in ihrem Inneren auf. Sylvia unterdrückte die aufkommende Übelkeit. Neben ihrem Mann fiel sie auf die Knie, ein Schluchzen entrang sich ihrer Brust: „Wir sind doch so glücklich, Carsten. Ich meine, warum hast du das getan? Er hat unserer Liebe doch nicht im Wege gestanden?!"

In ihrem Kopf rasten die Gedanken. Sie hatte sehr wohl registriert, dass Carsten noch immer den Revolver in der Hand hielt. Sie musste sein Misstrauen durch ihre ruhigen Worte zu zerstreuen. Irgendwie musste sie ihn entwaffnen.

„Ich kenne solche machtbesessenen Männer, wie dein Mann es war, zur Genüge. Er hätte dir Constanze-Finja weggenommen, wolltest du das? Er hätte sie *nie* mit dir geteilt. Er hätte unser beider Leben ruiniert. Ich musste etwas tun. Außerdem war er gegen meine Familie. Konstantin ist *deine* Familie, aber Sergio Spreen ist *meine* Familie. Das musst du verstehen. Ich hab' das alles nur für uns getan. Jetzt können wir drei – Constanze-Finja, du und ich – endlich glücklich werden. Du weißt doch, Konstantin kann nicht verlieren und nicht verzeihen!", Carsten wollte Sylvia beruhigen.

Sylvia kniff die Augen zusammen und schluckte. Dann stand sie auf und trat ein Stück näher zu Carsten. Das Laub raschelte unter ihren grauen Schuhen.

Mit den Worten „Ich liebe dich doch, Carsten!" umschlang sie ihn mit ihren Armen und küsste ihn wild, er ließ die Waffe sinken und erwiderte den Kuss ebenso heftig. Jetzt! Sie hatte sie! Sie hatte, was sie wollte: die Pistole! Abrupt löste sie sich aus dem Kuss und von ihm, sodass sie beide ein wenig auseinander taumelten. Einen Moment war Carsten perplex und überrumpelt. Dann bemerkte er es: Die Pistole fehlte, sie war weg. Er fokussierte seinen Blick wieder auf Sylvia, die seine Pistole nun auf ihn gerichtet hielt.

„Der Revolver ist geladen", sagte er.

„Ich weiß", sie schnaubte verächtlich, ihre Stimme klang rauchig.

Er wollte näherkommen, doch da schoss sie mehrmals ins Laub, sodass er Abstand hielt.

Bist du wirklich so blöd, Sylvia?! Die Bullen werden dich verhaften, denn deine Fingerabdrücke sind auf dem Revolver, nicht meine, dachte er gehässig. Als sie einen Moment unaufmerksam war, nutzte er die Gelegenheit und floh; sie schaffte es nicht abzudrücken.

„Ach, verdammte Scheiße", fluchte sie verzweifelt und stieß einen merkwürdigen Laut aus, ließ die Waffe fallen und sank wieder neben Konstantin auf die Knie. Sie fühlte seinen Puls.

„Konstantin! Halt' durch, Konstantin. Halt' durch! Constanze-Finja und Raul brauchen dich. Und ich, ich brauche dich auch, verdammt! Also halt' bitte, bitte durch, Konstantin!", flehte sie ihn verzweifelt an. *Auch in ihr stiegen wieder Bilder an ihre Ehe und die wunderbare Zeit mit Constanze-Finja auf.* Sylvia wusste, Konstantin war ein wunderbarer Vater und Ehemann. Die Kinder – Constanze-Finja und auch Raul – durften ihren Vater nicht verlieren, nur weil *sie* Carsten gegen alle Warnungen so blind geglaubt und vertraut hatte…

„Es tut mir leid, Konstantin. Wie konnte ich nur so dumm sein und mich gegen alle Warnungen auf Carsten Picht einlassen? Ich bin hier, ich bin bei dir! Wir schaffen das!", flüsterte sie. Schlagartig waren die damaligen Gefühle zurück. Sie fühlte sich ihm so nah! Sie durfte ihn nicht verlieren!

§§§§§§§§§§§§§§§§§§§§§§§§§§
§§§

Carsten rannte durch den Wald; er rannte und rannte, so schnell ihn seine Beine trugen. Er rannte so sehr, dass die Luft in seinen Lungen schmerzte. *Rebecca, Schatz, jetzt fangen wir – die Kinder, du und ich – ein neues Leben an,* dachte er.

Plötzlich sah er den Polizeiwagen und versteckte sich hinter einem großen, hohen Baum. Kaum war der Wagen vorbeigefahren, rannte und rannte er weiter, zwischen hohen Bäumen und Ästen hindurch, bis er aus dem Wald hinaus gelangt war. Auf einem abgelegenen Parkplatz hatte er schon am Tag zuvor einen Mietwagen abgestellt. Er fuhr zu seiner Frau. Als er bei seiner Frau und den Kindern angekommen war, schloss er die Haustür auf und betrat seine Wohnung. Rebecca musste ihn gehört haben, denn sie kam ihm entgegen.

„Schatz! Du bist wieder da! Was ist mit Thekla?"

Carsten begann zu weinen: „Sie ist tot. Es ist vorbei!"

Bestürzt nahm Rebecca diese Nachricht zur Kenntnis und nahm Carsten tröstend in den Arm. Ohne rot zu werden, spielte Carsten seine Rolle weiter. Er schilderte die vermeintlich letzten Stunden seiner Cousine und wie er sich um sie gekümmert hatte. Rebecca streichelte seinen Rücken und lauschte verständnisvoll und einfühlsam seiner Geschichte.

Auf ihre Frage, wann die Beerdigung stattfinden würde und ob er wünschte, dass sie als Familie gemeinsam dorthin gehen sollten, schüttelte er den Kopf. Er wischte sich die Tränen aus den Augen, streckte seinen Körper und schien das Thema abschließen zu wollen. Zur Beerdigung könnten sie nicht gehen, da Thekla in ihrem Testament das komplette Vorgehen nach ihrem Ableben geregelt hätte. Er sagte, sie hätte ihren Körper der Forschung vermacht. Rebecca blieb nichts anderes übrig als sich mit dieser Aussage zufrieden zu geben. Doch da sie Thekla nicht einmal persönlich gekannt hatte, meinte sie, damit leben zu können.

„Was hältst du davon, wenn wir die Kinder nehmen und einfach mal wegfahren, und zwar sofort. Ich muss mal raus, es war alles ein bisschen viel in der letzten Zeit", sagte Carsten plötzlich.

„Gute Idee. Immerhin sind Sommerferien! Aber sollten wir nicht erst noch einige Vorbereitungen treffen?", fand Rebecca.

„Weißt du, Thekla hat mir eine große Summe vermacht. Lass' uns doch einfach mal spontan sein!"

Auch die Kinder waren Feuer und Flamme. Sie packten zusammen. Das möblierte Haus würden sie zurücklassen, aber das musste er Rebecca noch schonend beibringen. Sie stiegen ins Auto und fuhr los.

„Das mache ich nur mit dir, Schatz, bei einem anderen Mann, würde ich mich das nicht trauen", meinte Rebecca nun.

Er lächelte sie zärtlich und liebevoll an.

„Auf ins Abenteuer!", Carsten ließ sich nicht anmerken, welche Absicht er wirklich verfolgte.

Carsten wollte Sergio endlich, ein für alle Mal, los sein, denn dieser würde ihm nicht nur die 40.000 Euro aus dem Lösegeld zahlen, sondern eine erheblich größere Summe, die ihm und seiner Familie ein sorgenfreies Leben ermöglichen würde.

§ §

Mittlerweile war die Polizei bei Sylvia und Konstantin im Wald eingetroffen. Auch ein Krankenwagen war von der Polizei, die aufgrund Sylvias Schilderungen mit Verletzten rechnete, alarmiert worden und traf zeitgleich ein.

„Gut, dass Sie endlich da sind! Carsten Picht hat auf meinen Mann geschossen und ist geflohen. Sie müssen ihn finden!", Sylvia war völlig aufgelöst. Sie war froh, Kommissar Lucht zu sehen, den sie von Berufs wegen kannte.

Der Kommissar schaltete seine große Taschenlampe ein und sah sie an, er musterte sie ausgiebig. Dann fiel sein Blick auf die Pistole, die in einiger Entfernung auf dem Waldboden lag.

„Ich muss Sie festnehmen, weil der dringende Tatverdacht besteht, dass Sie diesen Mann hinterrücks und in

Tötungsabsicht niedergeschossen haben. Kommen Sie jetzt bitte mit!"

„Ich habe nicht auf meinen Mann geschossen! Verfolgen Sie den Mann, er ist in den Wald geflohen, Carsten Picht, der hat geschossen und nicht ich!", war Sylvia aufgebracht. Sie war mit den Nerven am Ende.

Doch der Kommissar ließ sich nicht davon abbringen, Sylvia festnehmen zu müssen. Als sie erkannte, dass sie keine Chance hatte, wies sie den Kommissar darauf hin, dass es ihr Recht war zu telefonieren.

„Einverstanden!", gestattete er, „aber die Story mit dem verschollenen Mann im Wald, das kann nicht Ihr Ernst sein."

Der Polizist Sylvia zog ihr Handy aus der Tasche und wählte. Nach dem dritten Klingeln hob jemand ab: „Erdmann."

Sie erzählte ihm, was geschehen war. Götz war fassungslos; natürlich würde er sofort kommen und ihre Verteidigung übernehmen! Er würde umgehend nach ihrem Anruf losfahren. Gabriella würde den restlichen Urlaub mit den Mädchen allein verbringen müssen.

Dann telefonierte Sylvia mit ihrer Schwester Sonja, die sich um Constanze-Finja kümmern sollte, sobald diese von den Reiterferien zurück war. In Sonjas Nähe war ein Reiterhof, damit würde sie die Kleine bespaßen. Constanze-Finja sollte annehmen, dass ihre Eltern viel arbeiten müssten und dass sie deshalb bei ihrer Tante wäre. Denn Sylvia wollte ihre Tochter nicht beunruhigen und war sicher, dass das auch in Konstantins Sinne war.

Ehe Sylvia abgeführt wurde, warf sie einen sorgenvollen Blick auf den auf der Trage liegenden Konstantin, der bereits beatmet wurde, und sagte zu dem Sanitäter: „Verständigen Sie bitte Raul Hilliard, seinen Sohn." Der Sanitäter nickte, und sie diktierte ihm die Nummer. Er würde Raul anrufen. Kurz bevor sie abgeführt wurde, stiegen immer wieder die Bilder von dem am Boden liegenden und blutenden Konstantin – ihrem Ehemann in ihr auf. *Der Gedanke, dass sie noch Stunden – ja, Sekunden zuvor, so schien es – mit dem Mann geschlafen und Zärtlichkeiten ausgetauscht hatte – mit ihm, mit dem Handlanger von Konstantins Erzfeind, der auf Konstantin geschossen hatte, verursachte in ihr eine Mischung aus Abscheu und Übelkeit. Es war, als würde Carsten sie noch immer ausziehen und ihre nackte Haut mit seinen Händen berühren. Sie weinte und schluchzte. Wie hatte sie von Carstens Worten nur so blind und taub zugleich werden können? Warum hatte sie alle Warnungen so gutgläubig in den Wind geschlagen? Wie hatte sie einem Wildfremden nur so vertrauen, so vertraut mit ihm werden können?* Sie empfand Ekel. Urplötzlich blieb sie stehen.

„Mir ist nicht gut", sagte sie zu einem der Polizisten, „ich glaube ich muss mich übergeben".

Der Polizist lockerte die Handschellen etwas, damit sie sich nach vorne beugen konnte und hielt ihr eine Plastiktüte hin, in die sie erbrach. Die Tüte hatte seine Kollegin ihm aus der Hosentasche gezogen. Ihr Magen krampfte sich zusammen und schmerzte. Dann erbrach sie noch einen Schwall und der Polizist fuhr ihr mit einem Papiertaschentuch über den Mund. Nun wurde sie mit zittrigen Knien weiter zum Polizeiwagen geführt.

§ §
§ § §

Nach dem Anruf des Sanitäters war Raul umgehend ins Krankenhaus gefahren. Er war nach dem Treffen mit Sylvia wieder heimgefahren, hatte im Townhouse aber wie auf Kohlen gesessen, er hatte keine Ruhe finden können. *Nachdem sein Vater ihm mitgeteilt hatte, dass er sich nochmals mit Sergio Spreen treffen wollte, hatte er sich zunächst nichts dabei gedacht – die beiden hatten ja endlich Frieden geschlossen. Aber nach Sylvias Aussage schien alles anders als gedacht. Was steckte wirklich hinter Sergio? Und wer war dieser Carsten wirklich?*

Im Krankenhaus durfte er als Sohn gleich zu seinem Vater. Die Kugeln waren aus der linken Brust und Schulter erfolgreich operativ entfernt worden waren. Konstantin schlief noch in seinem Intensiv-Zimmer, als Raul sich auf einem Stuhl an sein Bett setzte. Die Beatmungsmaschine piepte, die Schläuche wirkten angsteinflößend.

Dr. Götz Erdmann kam zu Sylvia in die Untersuchungshaft. Er hatte mit Gabriella gesprochen und war noch in
der Nacht losgefahren. Er sah furchtbar aus, fast grau im
Gesicht, dunkle Ringe unter den Augen – er war eben
kein junger Mann mehr, und eine Autofahrt von 19
Stunden fiel ihm nicht mehr so leicht. Auf der Hinfahrt
hatten sie zwischendurch im Hotel übernachtet, aber
dafür war nun keine Zeit mehr gewesen.

Sie besprachen die Verteidigungsstrategie. Sylvia machte in seinem Beisein ihre Aussage: sie hätte nicht sie auf
ihren Mann geschossen, sondern Carsten Picht.

§ §
§ § §

Minütlich erkundigte sich die verzweifelte Sylvia nach
Konstantins Zustand, doch Kommissar Lucht konnte ihr
lediglich mitteilen, dass die Kugel erfolgreich operativ
entfernt und Konstantin wieder bei Bewusstsein war.
Damit war Sylvia erleichtert: Denn jetzt würde alles
wieder gut werden. *Doch... diese Bilder... als Carsten
sie anfasste... und Konstantin, der blutend auf dem
Waldboden gelegen hatte... Diese Todesangst, die sie
hatte, die auch Konstantin zuvor gehabt haben musste,
sie bekam das einfach nicht aus ihrem Kopf.*

§ §
§ § §

Götz war natürlich felsenfest überzeugt, dass Sylvia nicht auf Konstantin geschossen hatte. Trotzdem sah es düster für sie aus – um das zu wissen, brauchte auch Sylvia nicht einmal Götz – denn ihre Fingerabdrücke waren nachweislich auf der Tatwaffe zu finden.

Kommissar Lucht prüfte Sylvias Aussage und fahndete selbstverständlich auch nach Carsten und Sergio, bisher leider erfolglos.

Götz setzte sich mit Raul in Verbindung und berichtete ihm, dass er den Urlaub selbstverständlich umgehend abgebrochen hatte und bereits bei Sylvia war. Gabriella tat der Urlaub sehr gut. Und sobald sie mit den Mädchen zurückkommen würde, so berichtete Götz, hatte Sylvia geregelt, dass ihre Schwester Sonja und ihr Mann Nils für Constanze-Finja da sein würde.

§ §
§ § §

Nach einiger Zeit war Konstantin aufgewacht und registrierte seinen Sohn, der an seinem Bett saß.

„Hey, Dad!", sagte Raul, „ich bin so froh, dass du lebst. Weißt du noch, was passiert ist?", Rauls Erleichterung war spürbar.

Konstantin schüttelte den Kopf. Raul erzählte seinem Vater die neusten Erkenntnisse und der war geschockt, dass Carsten Sylvia nur benutzt hatte und zu Sergios Leuten gehörte.

„Ich bin sicher, dass Carsten Picht mich niedergeschossen hat!", resümierte Konstantin, „...und Sylvia, wo ist sie eigentlich?", fragte er dann stirnrunzelnd.

Raul zögerte, dies blieb von Konstantin natürlich keinesfalls unbemerkt.

„Was ist?", fragte er besorgt.

„Sylvia sitzt in Untersuchungshaft. Die denken, sie hat auf dich geschossen. Götz ist ihr Anwalt", Raul erzählte ihm sowohl von der bevorstehenden Verteidigung durch Götz, als auch von dem Urlaub in Schweden und dass Sonja sich um seine Tochter kümmern würde – da Sylvia in Haft und Konstantin im Krankenhaus war.

„Nein, nein. Picht hat auf mich geschossen, nicht Sylvia, das weiß ich genau!", war Konstantin überzeugt, „ruf* ihn an, also diesen Kommissar, meine ich, er soll kommen, ich will aussagen!"

„Das hat doch noch...", aber Raul sah den Blick seines Vaters und stimmte seufzend zu. *Was sollte Raul auch tun? Nichts! Sein Vater war nun einmal ein Familienmensch, ein Kämpfer für seine Familie. Unverkennbar.*

Eine Dreiviertelstunde später war Kommissar Lucht vor Ort und nahm Konstantins Aussage auf, dass er hundertprozentig sicher sei, Carsten Picht und nicht Frau Mindl-Kirschstein habe auf ihn geschossen.

Kommissar Lucht war jedoch wenig überzeugt. Zurück auf der Wache berichtete er Sylvia: „Ihr Mann ist bei Bewusstsein. Es geht ihm den Umständen entsprechend gut und er hat auch bereits Ihre Aussage bestätigt. Dennoch bleiben Sie in U-Haft bis zum Prozess, denn die Sache stinkt zum Himmel!", ereiferte er sich.

„Ein Glück! Er lebt!", vor Erleichterung weinte Sylvia Freudentränen. Es schockte sie nicht einmal, dass Konstantins Aussage sie nicht entlastete. Sollte dieser Kommissar doch glauben, was er wollte - sie war einfach nur froh, dass ihr Mann am Leben war!

Die Nacht war die Hölle. Sie träumte, und es war ein Albtraum. *Ihre Augen waren mit einem grünen Seidenschal verbunden und Carsten schleppte sie durch den Wald. Er stieß sie rau zur Seite und sie prallte gegen eine Wand – es war eine Holzwand, die sie spüren konnte. Eine Tür knarrte und sie hörte Wasser plätschern. Waren sie an einem See? Carsten stieß sie ins Innere der Hütte und riss ihr den seidenen Schal von den Augen. Minuten später fand sie sich im Himmelbett wieder, Sie lag auf dem Rücken und trug ein beiges Seidennachthemd mit Spitze. Carsten stürzte sich auf sie und drückte ihre Unterarme fest auf die Matratze des hohen Himmelbettes. Mit seinen Lippen begann er sie am ganzen Körper zu küssen. Mit einer Hand zog er ihr den Slip aus und fuhr ihr zwischen die Beine. Es schmerzte, und sie stöhnte. „Du willst es doch auch...", säuselte er...* mit einem Schrei erwachte sie, sie war angeekelt und musste sich übergeben. Erst durch das Beruhigungsmittel, das ihr ein Wärter gab, konnte sie schlafen.

Konstantin ging es besser und er war aus dem Krankenhaus entlassen worden. Über zwei Wochen hatte er dort zugebracht. Constanze-Finja war bereits letzte Woche aus Schweden zurückgekehrt und von Sonja in Empfang genommen worden.

Das erste, was Konstantin tat, war: Recherchieren! Er musste alles über Carsten und Sergio wissen – alles! Nur so konnte er beide endgültig ausheben und unschädlich machen – denn seine Familie zerstörte keiner ungestraft!

Heute hatte sich Konstantin besonders schick gemacht, jedenfalls soweit es die Armschiene, die er wegen der Schussverletzung trug, zuließ. Denn heute würde er Sylvia im Gefängnis besuchen. Er nahm ein Familienfoto mit, um sie aufzuheitern.

Sie freute sich, als sie ihn erblickte, dieses wohlig, warme Kribbeln, die Vertrautheit zwischen ihnen war noch ganz schwach vorhanden: „Konstantin, wie geht es dir?"

„Geht schon", erwiderte er und lächelte sogar ein wenig, „und dir?"

„Die Nächte sind am schlimmsten. Carsten sucht mich in meinen Träumen heim. Mit den Nerven bin ich auch ganz schön unten. Und du hattest von Anfang an Recht", räumte sie jetzt ein. Urplötzlich kamen wieder die Erinnerungen an Carsten in ihren Träumen hoch.

Einmal hatte Carsten sie in die Hütte geschleppt, sie ausgezogen und geschlagen und ihr eingeredet, dass sie es so wollte.

Konstantin musterte sie besorgt. Sie trug einen brombeerfarbenen Anzug, der ihr eigentlich immer ein frisches Aussehen verliehen hatte. Doch jetzt wirkten ihre Wangenknochen eingefallen, sie hatte tiefe, dunkle Ringe unter den Augen und war leichenblass – was sicherlich daran lag, dass sie total übermüdet war – und dazu war sie ungesund dünn geworden.

„Soll ich ehrlich sein? Mir wäre es lieber, ich hätte nicht Recht gehabt", sagte er nach einer Pause, „es gibt neue Erkenntnisse..."

Er klappte seinen schwarzen Lederkoffer auf. Sylvia sah ihn nur aufmerksam an.

Als sie nichts erwiderte, fuhr er fort, „Sergio ist gefasst, hat aber wohl ein Alibi. Carsten Picht ist jedoch wie vom Erdboden verschluckt. Und wusstest du, dass er verheiratet ist und zwei Kinder hat?"

Sylvia riss die Augen auf und starrte ihn an; ihr Lidschlag setzte für zwei Sekunden aus. Er hatte ins Schwarze getroffen: Sie hatte es nicht gewusst!

„Es ist gut, wenn der Prozess vorbei ist. Was wird aus u*ns*?", schluckte sie.

„Darüber reden wir nach dem Prozess. Ich werde für dich aussagen, aber du brauchst jetzt deine ganze Kraft für diesen Rechtsfall!" Der Koffer hatte einen doppelten

Boden, er öffnete den Boden und holte das Familienfoto hervor, welches ihr Hoffnung geben sollte. Mit der flachen Hand schob er es ihr umgedreht unter ihre flache Hand. Sie drehte es um, sah es an und lächelte sehnsuchtsvoll und zugleich wehmütig.

„Danke", flüsterte sie mit Tränen in den Augen.

Er nickte und sie verabschiedeten sich. Die Stille, die nach seinem Weggang herrschte, war schärfer als schneidende Scherben. *In dieser Nacht besuchte Carsten Sylvia wieder in ihren Träumen, dieses Mal hatte er sie mit einem lila Seidenschal an einem Baumstamm gefesselt. Sie trug ein kurzes, silbernes Seidenkleid, und den Slip hatte er ihr bereits ausgezogen. Mit einem Lederband schlug er mehrmals auf ihre Lippe und ihre Schultern ein. Die Lippe platzte auf, und Sylvia schmeckte das metallene Blut. Dann drang Carsten in sie ein und stöhnte lustvoll: „ Schön brav sein, ich weiß, du willst es so!"...* und sie schrie und weinte so laut, dass ein Wärter ihr wieder ein Beruhigungsmittel geben musste. Ihr war wieder so unglaublich übel.

Als nächstes hatte Konstantin seine Tochter wieder nach Hause geholt. Er war seiner Schwägerin Sonja und ihrem Mann Nils äußerst dankbar, dass sie die Familie in dieser Notsituation unterstützt hatten! Konstantin hätte dasselbe für sie getan – ihm ging Familie über alles! Aber jetzt wollte er seine Tochter wieder bei sich haben... in diesen bangen Stunden, in denen ihr schon die Mutter fehlte.

Konstantin und Constanze-Finja besuchten Sylvia in den folgenden Tagen oft im Gefängnis. Das Mädchen konnte es noch nicht verstehen, denn dazu war sie noch zu klein. Aber Konstantin wusste es: Für Sylvia waren die Besuche der einzige Lichtblick in diesen dunklen, trüben Tagen, in denen ihr Leben in Scherben lag. Konstantin und Sylvia wussten beide nicht recht, wie es nach der Verhandlung weitergehen würde, aber die Scherben würden sie beseitigen – ob gemeinsam oder nicht, würde sich zeigen. Aber so viel stand fest: Für Constanze-Finja würden sie beide gemeinsam immer da sein und für sie sorgen.

§ §
§ § §

An diesem Abend träumte sie, *dass Carsten sie mit Kabelbindern an einem dünnen Holzstamm gefesselt hatte Wieder küsste er sie, dann drang er in sie ein und brüllte: „Konstantin hat dich nicht verdient!" Dann schlug er sie mit einem Lederband, sie fühlte den Ekel und die Schmerzen.* Wieder wachte sie schreiend auf.

Die Verhandlung war dank Konstantins Aussage zu Sylvias Gunsten ausgegangen, sie wurde freigesprochen. Sergio hatte ein Alibi und die Personenbeschreibung des Mannes im Wald führte zu keinem Ergebnis. Carsten Picht blieb wie vom Erdboden verschluckt, sodass der Prozess keine Klärung brachte. Sylvia war ein nervliches Wrack, sie weinte fast andauernd und Carsten suchte sie ständig in ihren Träumen heim. Sie konnte einfach nicht fassen, dass er sie so gemein betrogen und getäuscht hatte.

Raul hatte bei seinem Vater nachgefragt, wie es nun weitergehen würde; dieser antwortete, es sähe zwar alles nach Scheidung aus, aber sie würden das heute Abend gemeinsam am Spreeufer besprechen. Dann würden sie zu gegebener Zeit auch mit Constanze-Finja reden – die Presse würde es als letztes erfahren.

Sie würden alles genauestens kontrollieren, denn: Sie würden erhobenen Hauptes fallen und versuchen, den Imageschaden so gering wie möglich zu halten.

§ §
§ § §

Am Abend – 23:00 Uhr

Konstantin und Sylvia standen nebeneinander am Spreeufer und blickten auf den Vollmond, der sich wie ein weißer Fleck auf der schwarzen Wasseroberfläche spiegelte. Sylvia trug ihren lindgrünen Mantel und Konstantin seinen braunen. Die Haare hatte Sylvia zu einem Pferdeschwanz zusammengebunden.

„Du siehst toll aus", sagte er.

„Danke, du auch", erwiderte sie, „schmerzt die Wunde noch sehr? Also die Schusswunde?"

„Danke. Es geht", erwiderte Konstantin. Er vergrub die Hände in den Manteltaschen und blickte Sylvia von der Seite an, dann fragte er zögernd: „und deine seelischen Wunden?"

Sie nickte stumm und blickte auf die Wasseroberfläche. Nach einer Weile antwortete sie zögernd: „Schon, ja... Vielleicht ist ... willst du wirklich die Scheidung?", fragte sie, weil das Unausgesprochene wie ein Damoklesschwert über ihnen schwebte.

„Ja", sagte er mit fester Stimme.

Er beobachtete sie, sie wurde blass wie der Mond, und legte eine Hand auf ihre Magengegend.

„Was ist los? Ist dir nicht gut? Sollen wir ein Stück gehen?" fragte Konstantin mit Sorge in der Stimme.

„Mir ist übel. Ja, bitte."

Sie schlenderten eine Weile nebeneinander am Spreeufer entlang. Sylvia wusste, warum ihr übel war – sie war schwanger und zwar von Carsten, doch das würde vorerst ihr kleines Geheimnis bleiben.

„Besser?", fragte Konstantin.

„Etwas", Sylvia atmete die frische Luft ein. „Weißt du Konstantin... ich träume ständig von Carsten... nicht so, wie du vielleicht denkst... sondern, naja also es ist so – Carsten kommt in den Träumen ins Schlafzimmer, oder schleppt mich zu anderen Orten und dann vergewaltigt und schlägt er mich und redet mir Dinge ein, zum Beispiel: Konstantin hat dich nicht verdient... und so weiter. Das ist Psychoterror pur!", sie weinte. Konstantin legte den Arm, der nicht in der Schiene war, um sie, und sie ließ es zu.

„Alles wird gut. Ich bin immer für dich da", meinte er einfühlsam. *Er war wütend auf Carsten... was hatte dieser Mann seiner Sylvia nur angetan?*

„Danke", sie ließ den Kopf auf seiner Schulter ruhen... es war wie früher... minutenlang...

Seine Nähe tat ihr gut, aber zu viel Nähe war momentan auch nicht gut für Sylvia... Sie musste das mit Carsten erst verarbeiten. Sie löste sich aus der Umarmung und so schlenderten sie weiter die Spree entlang. Da fiel Sylvia ein Glasstein aus der Manteltasche, den Konstantin ihr einmal geschenkt hatte, und zerbrach in tausende Scherben, die in die Spree gespült wurden.

„Was ist, wenn das ein Zeichen ist?", fragte Sylvia.

„Du meinst, für die Scherben unserer Ehe?"

„Ja. Warum nennen wir das Spreeufer nicht einfach unser Scherbenufer?", fragte sie.

„Gute Idee", fand Konstantin.

Und in dem Moment, als sie so dicht beieinander standen, dass sie den Atem des anderen spüren konnten, hörten sie von irgendwoher weit entfernt das Lied: *Train Wreck* von *James Arthur*, das so wunderbar zu diesem Augenblick passte, und sie wünschten sich, dieser Moment möge ewig halten.

Einige Zeit später

Im Wintergarten des Townhouses war für den heutigen Tag ein einstündiges Treffen anberaumt. Geladen waren einige Freunde und Verwandten – darunter auch Edith-Greta Kirschstein, Konstantins Mutter, sowie Nils, Sonja und Götz und Gabriella mit Lina. Bei diesem privaten Treffen wollten Konstantin und Sylvia ihre Scheidung bekanntgeben.

Gleich im Anschluss an das Treffen war eine große Pressekonferenz geplant, auf der sie dann ebenfalls das Ehe-Ende verkünden würden. Damit wollten sie die Zeitungen und Boulevardmagazine mit gezielten Informationen versorgen, um zu kontrollieren, was in den Presseartikeln veröffentlicht wurde. So konnten sie ihr Gesicht wahren und den Imageschaden so gering wie möglich halten, da sie dem Gerede jede Grundlage nehmen würden.

Den Wintergarten hatte Konstantin von einem professionellen Catering-Service herrichten lassen. Es waren Stehtische, die mit weißer Seide bespannt und mit weinroten Tischläufern aus Seide ausgelegt waren, aufgestellt worden. Einige Kellnerinnen und Kellner liefen bereits mit silbernen Tablets, auf denen gefüllte Champagnergläser und kleine Teller mit Kaviar und anderen Snacks standen, herum.

Auch an die Kinder war bei der Feier gedacht worden. Der Wintergarten bot genug Platz zum Spielen und Toben; für das leibliche Wohl standen Orangen- oder Maracujasaft, Kakao und Würstchen oder Frikadellen bereit.

Um die Atmosphäre möglichst angenehm zu gestalten, war eine große Soundanlage aufgestellt worden. Raul war für die Verkabelung und Bedienung derselben zuständig.

Sylvia und Konstantin hatten sich festlich gekleidet: Sylvia trug ein silbernes, bodenlanges Kleid, einseitig schulterfrei. Ihre Haare hatte sie hochgesteckt. Das dezente Make-up, welches sie trug, harmonierte perfekt mit dem Gesamtbild. Konstantin trug einen blauen Anzug, ein weißes Hemd mit silbernem Einstecktuch, eine silberne Krawatte und braune Schuhe.

Da Sylvia mittlerweile ausgezogen war und vorübergehend bei ihrer Schwester Sonja und deren Mann Nils wohnte, traf sie zu Beginn der Veranstaltung im Townhouse ein. Es war ausgemacht, dass sie gemeinsam die Veranstaltung abhalten und der Presse Rede und Antwort stehen würden. Beide hatten bereits geklärt, dass Constanze-Finja bei Konstantin wohnen würde – das war der persönliche Wunsch des Mädchens gewesen – aber dass Sylvia ihre Tochter, wann immer sie wollte, sehen konnte. Sie würden das gemeinsame Sorgerecht haben.

Die Scheidung schien ihnen beiden der einzig mögliche Ausweg nach all diesen furchtbaren Ereignissen, denn nur so, meinten sie, könnten sie auch öffentlich geschäftlich Partner bleiben und als Eltern für Constanze-Finja da sein.

Die Familie hatten beide schon eingeweiht und auch Constanze-Finja hatten sie erklärt, dass das Mädchen nicht auf ihre Eltern verzichten müsste und immer geliebt werden würde.

Die ersten Presseleute trafen ein. Nachdem sich alle mit den Snacks ein wenig gestärkt hatten, eröffnete Konstantin mit einem Messer, das er gegen sein Champagnerglas stieß, die offizielle Pressekonferenz.

„Wir freuen uns, dass Sie alle so zahlreich erschienen sind", sie stießen an und dann sprach Konstantin rasch weiter. „Frau Mindl-Kirschstein und ich sind, sagen wir, in Turbulenzen geraten, die unsere Ehe leider nicht überstanden hat, sie ist in tausend kleine Scherben zerbrochen."

Konstantin wartete, aber keiner sagte etwas. Die Presse hielt ihnen sensationshungrig und neugierig Mikrophone und Diktiergeräte unter die Nase. Am liebsten hätte er dasselbe gesagt, was er auch Sylvia über Pia erzählt hatte…

Der milliardenschwere Geschäftsmann Sergio Spreen und ich, wir sind seit Jahren – das war lange vor der Zeit meiner jetzigen Noch-Ehefrau – heftig verfeindet. Diese Feindschaft rührt daher, dass Herr Spreen und ich einmal dieselbe Frau liebten, sie hieß Pia. Sie konnte sich nicht zwischen uns beiden entscheiden – es ging einige Zeit hin und her.

Dann kontaktierte sie Herrn Spreen und erzählte ihm, sie sei von ihm schwanger. Aber sie gestand ihm, dass ich ihr Geld geboten – und sie es genommen – hätte, damit sie sein Kind abtrieb.

Sergio Spreen war wie von Sinnen. Und es kam noch schlimmer, denn Pia lud uns beide eines Abends ein – auf die Segelyacht ihrer Eltern. Da standen wir uns gegenüber – ich noch völlig ahnungslos, Herr Spreen voller Hass! Aber er ließ es sich anfangs nicht anmerken und wir alle tranken zu viel. Viel zu viel!

Und am nächsten Morgen war Pia tot! Ich kann mich an nichts von diesem Abend erinnern, der Abend auf dem Boot ist in meinem Kopf wie ausgelöscht.

Doch seitdem hasst mich Herr Spreen noch mehr – er wollte sich rächen, für den Tod seines Kindes, für den Tod der Frau, die er liebte.

Die offizielle Version der Kriminalpolizei war, dass sie aufgrund des starken Alkoholpegels gestürzt war und dabei über die Reling fiel. Und sie war überhaupt nicht schwanger gewesen! Ich habe in meinen späteren Recherchen herausgefunden, dass Pia Sergio und mich immer gegeneinander ausgespielt und jedem die Liebe versprochen hatte.

Doch Sergio ist über diese alte Geschichte scheinbar nie wirklich hinweg gekommen, er wollte sich erfolgreich mit dem Mittelsmann Carsten Picht, der meine Ehe zerstört und mich angeschossen hat, an mir rächen.

Doch dann riss er sich aus seinen Gedanken, räusperte sich und sagte: „Die Konsequenz dieser Turbulenzen ist, dass Sylvia Mindl-Kirschstein und ich uns scheiden lassen. Wir werden aber weiterhin gemeinsam arbeiten und für unsere Tochter sorgen!"

Damit schloss Konstantin die Pressekonferenz und die sensationshungrigen Journalisten waren satt. Da Konstantin und Sylvia als öffentliches Paar immer erheblich im Fokus der Medien standen, hatten sie selbst diese Erklärung abgegeben.

§ §

Sergio saß in seiner Zelle in der Haft. Hier war alles grau in grau. Er starrte seine Zellendecke an. *Wie konnte mein Hass mich nur so weit bringen?,* dachte er.

Die Mail, die er an Konstantin geschickt hatte, hatte den Richter letztendlich trotz des Alibis von Sergios Schuld überzeugt. Er war ja auch vorher schon kein unbeschriebenes Blatt für die Justiz. Würde das Gefängnis einen besseren Menschen aus ihm machen? Es war jedenfalls ein Anfang, denn Zeit zum Nachdenken hatte er jetzt genug…

§ §
§ § §

Carsten erinnerte sich zurück: *Das Geld war aufgeteilt worden und anschließend war Tamina wieder untergetaucht. Sergio hatte ihn bereits am nächsten Tag am Telefon für einen neuen Auftrag anwerben wollen – aber er wollte nicht mehr töten. Er wollte frei sein! Er wollte ganz für seine Familie da sein. Obwohl er nie vergessen würde, was Sergio damals, als er spielsüchtig war, für ihn getan und wie sehr er ihm geholfen hatte. Aber er wollte nicht mehr in dessen Schuld stehen und nicht mehr für ihn töten. Er hatte seine Spielsucht besiegt und wollte nun einfach ein besserer Mensch werden. Er wollte mit seiner Familie neu anfangen, ganz ohne das Doppelleben und das Töten, denn das war sehr kräftezehrend. Nein, jetzt würde er mit seiner Frau und den Kindern nicht mehr zurückkehren, er würde es schaffen, genau wie Tamina. Ein für alle Mal weg aus der Abhängigkeit von Sergio – er war frei für seine Familie. Sein neues Leben konnte nun endlich beginnen!*

ENDE

Danksagung

Natürlich gab es auch bei diesem Buch wieder eine Menge Leute, die mir hilfreich mit Rat und Tat zur Seite gestanden haben.

Zuerst möchte ich meinen Eltern danken: meiner Mutter für das geduldige Probelesen und die hilfreichen Anmerkungen, wenn ich einmal feststeckte, und meinem Vater für das Ausdrucken der vielen Manuskriptseiten.

Als nächstes möchte ich meiner wunderbaren Lektorin Susanne Junge danken, die mit sehr viel Hingabe mit mir am Text gefeilt und mir kritisch ihre Meinung gesagt hat. Das war sowohl für das Manuskript, als auch für mich wertvoll; dadurch ist die Geschichte noch besser geworden.

Nun geht noch ein Dankeschön an meinen Coverdesigner Berthold Sachsenmaier: Das Cover gefällt mir, wie immer, ausgezeichnet. An der Innenteilgestaltung sind sowohl er, als auch Susanne Junge beteiligt.

Auch meinen Omas möchte ich großen Dank aussprechen, für das Lesen und das Feedback zum Manuskript und ihren Glauben an mich.

Nun möchte ich noch meiner besten Freundin Janett für die Zeit der Entbehrung und ihr Verständnis für mich während des Schreibprozesses danken.

Auch meiner Freundin Maren möchte ich für ihre hilfreichen Anmerkungen und für das Testlesen des Manuskripts, sowie für die Administration meiner Facebook-Seite: Samantha Daut – Amanda Ciesing danken.

Last but not least, möchte ich auch Ihnen, liebe Leserinnen und Leser, für Ihre Treue und Ihre Meinung zu meinen Büchern danken. Ich bin ganz besonders gespannt, wie mein Herzensprojekt bei Ihnen ankommen wird.

Noch ein kleiner Hinweis: Informationen über mich, als Autorin finden Sie auf den nächsten Seiten.

Samantha Daut, im Januar 2017

Über die Autorin

Samantha Daut wurde am 06.02.1994 in Heidelberg geboren und wuchs in Leimen auf, dort lebt sie bis heute. Sie ist Rollstuhlfahrerin.

Mittlerweile hat die Autorin unter ihrem Namen fünf Bücher veröffentlicht – zwei davon sind als Doppelband erschienen. Unter dem mittlerweile offenen Pseudonym Amanda Ciesing veröffentlicht die Autorin unter anderem Arztromane. Inzwischen sind hier zwei Bände der „NIOL-Trilogie" mit den Titeln „Schatten der Vergangenheit" und „Angst um Nele" erschienen. Der dritte Band wird voraussichtlich im Jahr 2017 veröffentlicht.

Weitere Informationen zur Autorin und beispielsweise auch zum neuen Buch: „LUNA" finden Sie auf ihrer Webseite unter:

www.samantha-daut.de

oder auf

Facebook: Samantha Daut – Amanda Ciesing.

Auch auf folgenden Facebook-Seiten finden sie Infos zur neuen Buchreihe unter:

Die Mindl-Kirschstein-Reihe

oder

Konstantin und Sylvia Mindl-Kirschstein

Zeitfracht Medien GmbH
Ferdinand-Jühlke-Straße 7
99095 Erfurt, Deutschland
produktsicherheit@kolibri360.de